Dieter Rutkowski

Der hellste Stern
Besinnliche Advents- und Weihnachtsgeschichten

Über den Autor

Dieter Rutkowski wurde 1944 in Ostpreußen geboren, ist als Flüchtlingskind über das Erzgebirge/
Sachsen nach Mecklenburg gekommen und hat hier
mit seinen fünf Geschwistern seine Kindheit und Ju-
gend verbracht. Heute ist er im Ruhestand und lebt
mit seiner Frau in der Nähe der Kinder an der Nord-
see.

Dieter Rutkowski

Der hellste Stern

Besinnliche Advents- und Weihnachtsgeschichten

© 2009 by Gerth Medien Verlag, Asslar,
in der Verlagsgruppe Random House GmbH, München

1. Auflage 2009
Best.-Nr. 816 423
ISBN 978-3-86591-423-1

Bearbeitung: Nicole Schenderlein
Umschlaggestaltung: Immanuel Grapentin
Umschlagfoto: Shutterstock
Satz: Nicole Schol
Druck und Verarbeitung: CPI Moravia

Inhalt

Dieses Buch widme ich
allen Freunden,
denen ich während meiner langen Dienstzeit begegnet bin,
und meiner Mutter,
die uns sechs Kinder
durch eine schwierige Nachkriegszeit gebracht hat.

Mein erstes Weihnachten

Wieder ist es Weihnachten. Ununterbrochen schneit es, den ganzen langen Tag, als will der Himmel all das nachholen, was er in den letzten Wochen der Adventszeit versäumt hat. Die Thermometeranzeige ist gefallen, und wir sind froh, dass wir in unserem warmen Zimmer gemütlich beieinander sein können. Wir haben die elektrische Beleuchtung am Christbaum eingeschaltet und sitzen nun bequem in den Sesseln. Ja, so ist Weihnachten schön!

Wir plaudern schon eine ganze Weile miteinander. Unsere Oma ist zu Besuch. Das kommt selten vor.

„Weihnachten bin ich am liebsten zu Hause!", war immer wieder ihre Antwort auf unsere Einladungen gewesen.

Eine dicke brennende Kerze auf dem Tisch zieht uns in ihren Bann. Wie geheimnisvoll doch dieses Licht ist. Die Kerze stellt mit ihrem lebendigen, warmen Schein vieles in den Schatten. Sie macht alles andere uninteressant und unwichtig und stimmt uns dabei auf geheimnisvolle Weise nachdenklich. Unsere Gedanken wandern hin und her, setzen sich fest oder fliegen ungestüm weiter.

Plötzlich beginnt Oma zu erzählen. Gespannt hören wir zu. Nur selten unterbrechen wir sie mit unseren Fragen. Sie berichtet von ihrer Kindheit, von den kristallklaren Winternächten und dem extrem starken Frost, der die

Temperaturen oft unter 35 Grad Celsius fallen ließ. Sie erzählt von der Schönheit jener Landschaft in Ostpreußen und von den Menschen, die dort zufrieden und glücklich lebten. Dann erzählt sie vom Krieg, der so viel Elend brachte. Wir spüren, wie furchtbar und unmenschlich Kriege sind.

Ich sei erst einige Wochen alt gewesen, so erzählt sie, als wir als Familie evakuiert wurden. Eingepackt in ein dickes Daunenkissen schlief ich sorglos in einen neuen Tag, während meine Mutter mit den vielen anderen, die ebenfalls mit dem letzten Zug ins „Reich" fuhren, das gleiche Schicksal teilte: mit der Vergangenheit fertig zu werden, mit der Angst vor der ungewissen Zukunft, den Sorgen um vier kleine Kinder. Der Vater war als Soldat an der Front.

Ihre Körperwärme ausnutzend, hatten sich die Kinder an die Mutter gekuschelt und schliefen, während der Zug wieder einmal wie sooft wegen Bombenalarm im Wald stehen bleiben musste.

Es war eine lange, schreckliche Fahrt an zerstörten Häusern und verbrannten Wäldern vorbei. Nichts in diesem Elend erinnerte an den Advent und die Zeit, die bald vor der Tür stand: Weihnachten 1944.

Wieder fuhr der Zug an einigen Dörfern vorbei in eine große Stadt. Ängstlich und sorgenvoll schauten die Reisenden, die dicht gedrängt in den Waggons saßen, durch die schmutzigen Scheiben auf die vorbeiziehenden prachtvollen Gebäude, als ahnten sie, dass Dresden wenig später völlig sinnlos zerstört werden würde.

Auf dem Bahnhof hieß es nun wieder einmal umsteigen – in einen alten, klapprigen Personenzug. Niemand kannte das Ziel. Mit den wenigen Habseligkeiten, die sie hatte mitnehmen können, kämpfte sich auch meine Mutter mit ihren kleinen Kindern durch die Menschenmenge auf dem Bahnsteig zum Zug.

In jedem Dorf hielt er an, in der Hoffnung, dass einige Leute von selbst den Zug verlassen würden, einfach so, nur um endlich irgendwo angekommen zu sein.

Es war bereits finster auf dem schmalen, mit Kisten und Holzstapeln zugebauten Bahnsteig, als der Zug mitten im Erzgebirge anhielt.

„Endstation, alle aussteigen!", hieß es aus den krächzenden Lautsprechern.

Nun standen die Reisenden auf dem Bahnsteig, ängstlich, hungrig und vor Kälte zitternd. Die Kinder weinten vor Müdigkeit leise vor sich hin. Frauen jeden Alters waren mit ihren Kindern auf der Suche nach einer Unterkunft. Es schneite ununterbrochen.

Emsig liefen einige alte Männer, die aus irgendwelchen Gründen nicht mehr an die Front mussten, auf dem Bahnsteig hin und her. Sie riefen sich in ihrem Dialekt etwas zu, das die Angereisten nicht verstanden. Dann begann einer von ihnen, laut Namen vorzulesen. Es klang gespenstig. Er verlas sich oft, weil diese Namen für ihn fremdartig klangen. Dann fiel auch unser Name.

Meine Mutter meldete sich, und wir wurden von einem freundlichen Mädchen, das etwas abseits unter einer Lampe stand, in Empfang genommen. Hildegard wurde sie genannt.

Wieder ging es hinaus in den Winter. Schließlich kamen wir mit durchweichten Sachen und großem Hunger an einem kleinen, etwas verbauten Bauernhof an. Die größeren Kinder weinten still vor sich hin. Sie hatten sich an den Händen gefasst, als würden sie sich untereinander bei jeder möglichen Gefahr beistehen.

Uns wurde eine kleine, verwinkelte Kammer zugewiesen, die für fast zwei Jahre unser neues Zuhause werden sollte. Der warme Tee und das lange entbehrte Brot, das uns die Bäuerin bereitgestellt hatte, taten gut.

Dann kam das Weihnachtsfest. Unsere Mutter hatte am Tag zuvor aus einem nahe gelegenen Wald ein großes Bündel Reisig und einige dicke Äste geholt. Damit wurde unsere Kammer gemütlich warm geheizt.

Meine Geschwister spielten auf dem Fußboden mit einigen Tannenzapfen, die unsere Mutter auch aus dem Wald mitgebracht hatte. Die Zapfen waren für sie Schäfchen und Pferde. Eines hieß Resi, genau wie das kleine Fohlen, das hatte daheimbleiben müssen und das sie alle doch so sehr lieb hatten.

Meine Mutter nahm mich auf den Schoß und schaute den spielenden Kindern traurig zu. Es war Heiliger Abend. Leise summte sie ein altes Weihnachtslied.

Plötzlich klopfte es. Die Bäuerin stand lächelnd in der Tür. Sie hielt einen Teller mit kleinen Kuchenstücken in der Hand.

„Ein gesegnetes Weihnachtsfest wünschen wir euch allen!" Sie hielt jedem ihren Teller hin, und als sie dann noch in ihre Schürzentasche griff und schöne rote Äpfel hervorholte, war es, als stünde der Weihnachtsmann leibhaftig in der Tür. Schließlich stellte sie eine dicke rote Kerze auf den Tisch und zündete sie an. Fröhlich flackerte die kleine Flamme, als wollte sie sagen: „Seid nicht traurig, ihr seid doch nicht allein. Jesus ist auch in Armut und Elend gekommen und hat so gezeigt, dass er gerade für die

Menschen da ist, die unter ihrer Armut und Verlassenheit leiden."

Für kurze Zeit war alles ringsum vergessen und es war richtig Weihnachten dort in der etwas verwinkelten Kammer. Wie gut hatte doch diese Liebe getan, die Wärme in einer eiskalten Nacht.

Es ist still geworden in unserem gemütlichen Zimmer. Wieder hängen unsere Blicke an der Kerze. Wieder gehen unsere Gedanken auf Reisen.

So also war mein erstes Weihnachtsfest. Wie gut, dass die Not und der grausame Krieg vorbei sind. Wie gut aber auch, dass die Botschaft von Weihnachten zu aller Zeit Gültigkeit hat: Friede auf Erden und den Menschen ein Wohlgefallen!

„Mutter, ich komme"

Kreischend fuhr der Zug planmäßig um fünf Uhr sechzehn in den kleinen Bahnhof von Brotdorf ein. Es dauerte eine Weile, bis der schwere Koloss zum Stehen kam.

Wie üblich wurden hastig die ledernen Postmappen ausgetauscht. Ein Bündel Zeitungen war dabei, neueste Nachrichten aus der Kreisstadt. Für viele war dieser Zug die einzige Verbindung zur Außenwelt – wenn man von dem Linienbus absah, der zweimal täglich durch den Ort fuhr. Liebevoll nannten die Bewohner dieses kleinen, abgelegenen und unscheinbaren Ortes den Zug deshalb auch den „Nachrichtenexpress".

Einige wenige Reisende entstiegen den Eisenbahnwaggons. Der Ort war zu unbedeutend für mehr Fahrgäste und die Besucher zum bevorstehenden Weihnachtsfest würden wohl erst am Ende der Woche eintreffen.

Durch die Fensterscheiben der Eisenbahn konnte man vereinzelte Passagiere sehen: einen jungen Mann, der in einem Buch las, eine alte Dame mit einem lustigen Hut auf dem Kopf und ein kleines Mädchen, das mit dem Finger irgendwelche Figuren an die Scheibe malte. Die anderen Reisenden schauten verschlafen durchs Fenster.

Niemand von ihnen achtete auf die alte Frau, die mit einem Strauß rostfarbener Chrysanthemen aufgeregt an der Bahnsteigsperre stand.

Als der Zug sich wieder langsam in Bewegung setzte, ließ sie den Strauß kraftlos sinken und hielt sich am Holz der Sperre fest. Ihre Augen blieben auf den Zug gerichtet. Sie wirkten leer und enttäuscht.

Erst jetzt spürte die alte Frau die Kälte und die sanft herabschwebenden Schneeflocken. Über die runzligen Wangen liefen langsam ihre Tränen, die sie mit einem umhäkelten Taschentuch umständlich abwischte, während sie verstohlen zur Seite blickte. Nun bemerkte sie auch den jungen Bahnbeamten an ihrer Seite.

„Nun, Oma?" Er war einer von den Jugendlichen, zu denen ältere Menschen nicht gleich Vertrauen fassen. Seine langen blonden Locken schauten keck unter der Uniformmütze hervor. „Sind Sie nicht die Oma Lotti, die ab und zu die Kinder von Frau Lange versorgt?"

Die alte Frau antwortete nur mit einem kurzen Kopfnicken und beeilte sich, vom Bahnhof fortzukommen.

Zurück blieb ein junger Mann, der die abrupte Reaktion der alten Frau nicht recht verstand.

Wie sollte er auch? Er wusste doch nicht, dass Oma Lotti auf ihren einzigen Sohn wartete, der sie vor nunmehr sechs Jahren verlassen hatte, nachts, ohne Lebewohl zu sagen. Nur ein kleiner Zettel hatte auf dem Bett gelegen: „Mutter, ich gehe in die Freiheit!"

Wie weh hatte das damals getan! Ihr Peter, dem sie alles zu geben versucht hatte, war einfach so weggegangen. Sie, die Mutter, wollte dem Jungen doch auch den Vater ersetzen, der im Krieg geblieben war. Es sollte ihm doch an nichts fehlen. Ja, vielleicht hatte sie ihn auch zu sehr beschützt, vielleicht in der Erziehung versagt. Vielleicht hätte sie ihn wirklich nicht mit ihrer Liebe erdrücken dürfen. Doch was tut man nicht alles, wenn man Angst hat, jemanden zu verlieren?

Was hatte sie nach dem schrecklichen Krieg nicht alles getan, um etwas Essbares zu besorgen. Bei sich selbst hatte sie es sich abgespart.

„Der Junge braucht es nötiger", hatte sie sich ständig gesagt, „der ist noch im Wachsen."

Sie liebte ihren Jungen über alles, war er doch auch alles, was ihr noch geblieben war. Er sollte es gut haben. Und so hatte sie ihn verwöhnt, wo es nur ging. Alles hatte sie ihm aus dem Weg geräumt. Und dann dieser Zettel. Wer sollte das begreifen?

Wie alt sie auf einmal geworden war vor Kummer und Schmerzen. Immer hatte sie gehofft und gebetet, dass ihr Peter wieder zurückkommt. Wie oft hatte sie davon geträumt, dass er plötzlich in der Tür steht und sie sich glücklich in den Armen liegen.

Zweimal erhielt sie während dieser langen Zeit je eine Karte. Es stand nicht viel drauf, nur: „Viele Urlaubsgrüße sendet Dir Dein Peter!" Es war nur ein einziger Satz und doch lebte sie lange davon.

Sie hatte beide Karten in Peters Stube auf die Anrichte gelegt. Seitdem ging sie öfter in das Zimmer, wo sie seit dem Fortgehen des Jungen nichts verändert hatte. Liebevoll sprach sie dann mit ihm, als würde er wie damals am Tisch sitzen und ihr zuhören.

Vor zwei Jahren war Frau Lange in das Haus gezogen. Mit ihrem Mann und den beiden Kindern sorgte sie für Abwechslung.

Anfangs hatte die alte Frau verstört in ihrem Zimmer gesessen und sich über jeden Laut geärgert, der von nebenan durch die Wände drang. Jetzt freute sie sich, wenn Grit und Björn die „Oma" besuchen kamen.

Ingeborg Lange bat sie auch immer häufiger darum, die Kinder zu beaufsichtigen. „Oma Lotti" wurde sie von den beiden Kindern genannt. Der Name „Charlotte" war ihnen zu lang und zu schwierig.

Oma Lotti war inzwischen wieder in ihrer kleinen Wohnung angekommen. Grit und Björn hatten sie kommen sehen und berichteten aufgeregt: „Mutti, Oma Lotti hat Geburtstag! Sie hat viele schöne Blumen mitgebracht."

Ingeborg war überrascht. Geburtstag? Heute? Das konnte nicht stimmen. Sie hatte doch schon im Juli ihren dreiundsiebzigsten gehabt.

Eilig unterbrach sie das Geschirrspülen, trocknete sich die nassen Hände ab und ging zu ihrer Nachbarin.

Es dauerte diesmal sehr lange, bis Oma Lotti öffnete. Mit rot verweinten Augen stand sie in der Tür und putzte sich umständlich die Nase. Ihr von Falten durchfurchtes Gesicht wirkte irgendwie fremd.

„Grit und Björn sagten mir … Darf ich reinkommen?"

Ohne eine Antwort abzuwarten, schob Ingeborg sich an der alten Frau vorbei in das sorgfältig aufgeräumte Zimmer. Auf dem kleinen Tisch lag ein hellgrüner Briefumschlag.

„Was ist denn los, Oma Lotti?", wollte sie wissen.

Die alte Frau ging an den Tisch und gab ihr wortlos den Umschlag.

Hastig zog Ingeborg eine Karte heraus und las den einen kurzen Satz: „Mutter, ich komme nach Hause!"

Es dauerte lange, bis sie wieder Worte fanden.

„Wann, Oma Lotti, wann?"

Die Antwort war ein zaghaftes Zucken mit den Schultern. Dann sagte sie: „Mit dem Zug ist er nicht gekommen!"

In diesem einen Satz hörte man deutlich die ganze Enttäuschung heraus.

Gestern war der Brief angekommen. An Schlaf war danach nicht mehr zu denken gewesen. Immer wieder waren in ihren Gedanken Bilder aus der Vergangenheit aufgestiegen: der erste Schultag des Jungen mit der großen Schultüte, die mit Äpfeln und Pflaumen und einer Schachtel Gebäck gefüllt war. Dann der Tag, an dem ihr Peter die erste lange Hose anzog. Sie hatte sie aus einem alten Mantel selbst geschneidert. Dann die Konfirmation: Wie froh und dankbar war sie gewesen, als sie ihren Peter vor dem Altar knien sah. Ja, so wollte sie ihn gern sehen – vor Gott.

Und immer wieder dieser so schreckliche Tag mit dem Abschiedsbrief. Warum hatte er das nur getan? Nein, sie wollte ihn nicht danach fragen. Er sollte nicht daran erinnert werden.

„Heute Mittag, Oma Lotti, heute Mittag kommt doch der Bus aus der Stadt. Sicher wird er mit dem Bus kommen."

Die alte Frau nickte leicht mit dem Kopf, doch sehr überzeugend wirkte diese Geste nicht. Sie hatte wohl schon zu lange auf diesen Tag gewartet. In ihrem Herzen glaubte sie nicht mehr daran.

Die Zeit bis zum Mittag verging nur schleppend. Die alte Frau schaute immer wieder auf die Uhr. Grit und Björn saßen fein angezogen eng beieinander in Omas großem Ledersessel. Sie wollten mitgehen, wenn Oma Lotti den unbekannten Onkel Peter abholte.

Aufgeregt unterhielten sie sich über diesen Onkel. „Oma Lotti, ist Onkel Peter auch so groß wie Onkel Jürgen?" Damit meinten sie den Bruder ihrer Mutter. Sie konnten nicht so recht verstehen, dass Oma Lotti das nicht so genau wusste.

Endlich zog sich auch Oma Lotti an. Sie nahm ihren alten dunkelblauen Mantel mit dem Silberfuchskragen vom Haken und setzte sich ihren schönen Hut auf, den Grit besonders mochte, weil vorne so ein schwarzer Schleier geheimnisvoll vor dem Gesicht herunterhing. Björn durfte den Blumenstrauß tragen und dann ging es los.

Die alte Frau war froh, dass sie jetzt nicht alleine gehen musste. Der Weg zum Bahnhof und zurück hatte sie sehr angestrengt. Auch wenn die Kleinen sie nicht sehr stützen konnten, hatte sie doch das Gefühl, nicht allein zu sein. Sie hatte Angst, allein zu sein, besonders jetzt.

Die Aufregung nahm ihr fast den Atem. Hatte sie sich in der Uhrzeit versehen? Dort an der Bushaltestelle stand schon der Bus aus der Stadt. Weit und breit war aber niemand zu sehen.

Plötzlich merkte sie, wie sich etwas in ihrem Kopf zu drehen begann. Sie presste die Augen zusammen und umklammerte die kleinen Händchen zur Linken und zur Rechten.

„Er ist wieder nicht gekommen!" Sie hatte es ganz leise gesagt, und eine große Verlassenheit klang in diesen wenigen Worten mit.

„Wo ist nun Onkel Peter?", wollte Grit auch wissen.

„Onkel Peter ist wieder nicht gekommen", sagte die alte Frau fast mechanisch.

„Nicht gekommen? Warum denn nicht?" Grit gab keine Ruhe.

Erst als sie Oma Lotti in die Augen sah, merkte sie, dass sie jetzt nicht reden sollte.

Der Weg heimwärts nahm kein Ende. Oft blieben sie schweigend stehen. Keiner sagte ein Wort. Selbst Björn, der sonst kaum still sein konnte, verstand nicht, warum die Oma, die er doch so lieb hatte, auf der Straße weinte und schwieg. Der Blumenstrauß war ihm inzwischen zu schwer geworden. Er zog ihn hinter sich her. Was machte es, dass die Chrysanthemen auf dem Boden entlangstreiften? Die Blumen waren ja für Onkel Peter und der war nicht gekommen.

Für die alte Frau existierte um sie herum nichts mehr. Sie sah nur geradeaus. Sie bemerkte die Kinder neben sich

17

genauso wenig wie die Leute, die sie grüßten. Erst als jemand an ihrer Seite aufschrie und sie das laute Quietschen einer Autobremse hörte, kam sie wieder zu sich.

Sie drehte sich verstört nach diesem lauten Geräusch um und blieb wie erstarrt stehen. Sie war auf die Straße gelaufen und stand nun direkt vor einem hellblauen Auto.

Auch der Fahrer des Wagens starrte sie mit entsetzt aufgerissenen Augen an: „Mutter, meine Mutter!"

Er riss die Wagentür auf und stolperte auf die alte Frau zu, der es schwindlig vor den Augen und haltlos in den Knien wurde. Gerade zur rechten Zeit fing der Sohn seine alte Mutter auf und hielt sie umklammert an seiner Brust. Was störte es die beiden, dass die Nachbarn aus ihren Häusern gelaufen kamen und neugierig zusahen?

Als Erstes waren Grit und Björn wieder zu hören. „Bist du Onkel Peter?"

Björn hüpfte auf die geöffnete Wagentür zu und sah erst jetzt die junge Frau im Auto. „Tante, darf ich mal einsteigen?", fragte er und löste damit die seltsame Spannung, die in der Luft lag.

Peter führte seine Mutter zum Auto und half ihr beim Einsteigen.

Sie fuhren nur einige wenige Meter und doch war es eine weite Reise. Oma Lotti konnte es noch nicht fassen, obwohl sie doch so darauf gewartet hatte: Ihr Peter war wieder da. Ihr Junge.

Kaum hielt das Auto an, hüpften Grit und Björn auch schon heraus und berichteten aufgeregt ihrer Mutter von der Neuigkeit, von dem schönen Auto, und von Onkel Peter, der ihnen sehr gut gefiel.

Für Ingeborg Lange gab es jetzt viel zu tun, denn

Oma Lotti war vor Aufregung wie gelähmt. Der Kaffeetisch musste gedeckt werden und die wunderschönen Blumen, die Peter seiner Mutter mitgebracht hatte, mussten ins Wasser, genauso wie die Chrysanthemen, die eigentlich für Peter gedacht waren. Ingeborg Lange kochte einen kräftigen Kaffee und schnitt den Weihnachtsstollen an.

Oma Lotti saß neben ihrem großen Peter und hielt krampfhaft seine starken Hände fest, als wollte sie sagen: „Nun bleibst du aber bei mir, mein Junge! Ich lass dich nicht wieder los!" Sie lächelte, wie wohl nur eine Mutter in ihrem größten Glück lächeln kann.

„Oma Lotti, der Kaffee wird ganz kalt!", mahnte Ingeborg. „Und wenn Sie mich noch brauchen, dann läuten Sie ruhig!"

Erst jetzt beachtete Oma Lotti die junge Frau neben ihrem Jungen genauer.

„Mutter, das ist Helga, wir wollen heiraten", hörte sie Peter sagen.

Sie war überrascht, das musste sie erst verarbeiten. Gleichzeitig war sie aber auch seltsam beruhigt. Sie freute sich, dass ihr Sohn nicht alleine war. Und Helga schien ihr eine sympathische Frau zu sein.

Die alte Frau neigte ihren grauen Kopf, um, wie sie es schon von Kind an gewohnt war, still für sich ein Tischgebet zu sprechen – diesmal aber noch dankbarer und mit einem freudigen Herzen. Plötzlich hörte sie Peter laut und fest beten.

Erstaunt sah sie auf. Es war ein Gebet, das aus einem tiefgläubigen Herzen kam. Ihr Peter sprach mit Gott in einer großen Vertrautheit, als hätte er ihm viel zu verdanken, und so war es wohl auch.

Später erzählte Peter seiner Mutter seine Geschichte: Er war damals, als er seine Mutter verlassen hatte, mit einem guten Freund davongegangen. Sie hatten es schon lange geplant und vorbereitet. Peter wollte weg, er wollte nicht mehr so bevormundet werden und ab jetzt selbst über sein weiteres Leben bestimmen.

Zuerst waren die Jungs auf einem Rummelplatz und verkauften Lose. Es brachte ihnen aber zu wenig ein, also gingen sie zum Zirkus. Dort konnte man junge kräftige Männer gut gebrauchen. Hier machte das Leben Spaß. Sie sahen den Artisten beim Training zu und versuchten dann selbst einige einfache Kunststücke, aber sie waren doch zu ungeschickt, um damit Geld zu verdienen.

Besonders gefielen ihnen die Feiern nach den Nachtvorstellungen und es gab viele davon. Es wurde viel getrunken, und bald besaßen die beiden Jungs den Ruf, die Trinkfestesten der Truppe zu sein. Schließlich vernachlässigten sie ihre Arbeit und dann kam es zu einem furchtbaren Unfall.

Noch nicht ganz nüchtern hatten sie einige Hauptseile für die Luftakrobatik nicht fest genug gespannt und dadurch den Absturz eines Artisten verschuldet. Auch das Auffangnetz war nicht richtig befestigt worden und so kam der Artist mit schweren Verletzungen ins Krankenhaus.

„Es war damals viel Glück im Unglück", stellte Peter nachdenklich fest. Sie wurden entlassen und trieben sich dann in Gaststätten herum, ließen sich von anderen Gästen frei halten und begannen zu betteln. Ohne Alkohol konnten sie nicht mehr leben.

Da sie kein Geld hatten, planten sie schließlich einen Überfall auf einen gut gekleideten Mann mitten auf der

Straße. Sie entrissen ihm den Aktenkoffer und rannten in verschiedenen Richtungen davon.

Das verlief so gut, dass sie es bald wieder versuchten. Diesmal hatte man jedoch eine genaue Täterbeschreibung und nahm sie noch am gleichen Tag am Bahnhof fest.

Es fiel Peter schwer, über diese Dinge zu sprechen. Er wusste, wie sehr er seine Mutter damit verletzte, und traute sich nicht, sie dabei anzuschauen.

„Dort in der Zelle, Mutter, dort hab ich endlich begriffen, was mit mir los war. Diese Zeit, diese harte Zeit ist mir zum Segen geworden." Peter wiederholte diesen Satz merkwürdigerweise öfter. „Ich begann über alles nachzudenken. Ich merkte auf einmal, dass ich der verlorene Sohn war, von dem du mir früher als Kind immer erzählt hast, und ich schämte mich fürchterlich."

Langsam legte die alte Frau ihre Hand auf die ihres Sohnes. Sie erlebte wohl jedes Ereignis selbst mit. „Deshalb hast du mir nicht geschrieben, mein Junge?"

Fast unmerklich nickte Peter seiner Mutter zu.

Die Strafe wurde schließlich auf Bewährung ausgesetzt. Er suchte sich einen Job und kam in einem kleinen Betrieb unter, wo er auch Helga kennen und lieben lernte.

„Helga half mir, ein neues Leben zu wagen!" Nur kurz blickte er dabei seine Braut an und doch zeigte dieser kurze Blick viel Liebe und Dankbarkeit. Durch sie ging er auch wieder in die Kirche.

„Am ersten Tag, als ich mit Helga den Gottesdienst besuchte, traute ich meinen Ohren nicht. Der Pastor predigte über den verlorenen Sohn! Ich werde es nie vergessen, niemals, denn ich spürte auf einmal, dass nicht der Pastor dort auf der Kanzel, sondern Gott selbst zu mir sprach. Er lud mich ein, einen ganz neuen Anfang in meinem Leben zu machen!"

Peter begann, bei diesem Zeugnis zu lächeln. „Und nun, Mutter, nun möchte ich alles wieder gut machen, was ich dir an Schmerzen und Leid angetan habe. Verzeih bitte, um Gottes Willen, verzeih mir!"

Mühsam erhob sich die alte Frau und streckte ihrem Sohn die Arme entgegen. Sie gab ihm einen Kuss auf die Stirn, so wie sie es früher getan hatte, um ihm zu zeigen, wie sehr sie ihn liebte.

Peter war glücklich, denn er war daheim, daheim bei seiner Mutter.

Noch lange brannte an diesem Abend das Licht in der Wohnung der Oma Lotti. Noch so viel hatten sich diese drei Menschen zu erzählen, und es wurde bei allem Glück nicht vergessen, Gott zu danken. Denn sie wussten: Er ließ in seinem Sohn das Kind von Bethlehem werden, damit Schuld vergeben werden kann. Er lenkt Menschenherzen und Gedanken und führt Menschenkinder heim und macht sie glücklich.

Eine Krippe für das Christkind

Langsam, als würde er noch im letzten Moment etwas ändern wollen, legte Sebastian, von seinen Freunden kurz

„Sepp" genannt, seine Schnitzwerkzeuge zur Seite. Bedächtig schaute er noch einmal die kleinen Kunstwerke vor sich genau an. Wie sehr liebte er sie, die Engel, die Hirten mit ihren Schafen, Maria und Josef, die Könige und natürlich die Krippe mit dem kleinen Christkind darin.

Es war immer ein ganz eigenartiger Augenblick, wenn die letzte Figur der Weihnachtskrippe fertig wurde. Jedes Mal war es so, als würde er ein Stück von sich selbst, seines eigenen Ichs, vor sich haben.

Wie viele Figuren hatte er wohl schon aus einem groben Lindenklotz herausgearbeitet? Wie sehr er sich auch bemühte, eine Zahl vermochte er nicht mehr zu nennen. Nur an seine erste Krippenfigur konnte er sich gut erinnern. Immer wieder begann er zu schmunzeln, wenn er an diese Geschichte dachte.

Es lag schon sehr weit zurück. Er musste wohl knapp sieben Jahre alt gewesen sein, als sein Vater ihm ein Schnitzmesser schenkte. Es war schon alt und vom vielen Schärfen der Klinge schmal geworden. Aber es war gut eingearbeitet.

So jedenfalls hatte es ihm sein Vater damals erklärt, der vom Schnitzen eine ganze Menge verstand. Manches Räuchermännchen, mancher schmucke Bergmann verdankte ihm sein Dasein.

Sofort begann Sepp mit seinem Werk. Der Vater musste die Lindenholzvorräte ab jetzt gut wegschließen, denn sie waren kostbar und vor Sepp nicht mehr sicher.

An einem schönen Adventsabend rief der Vater, der wie sooft abends an seiner Schnitzbank saß, seinen Jungen zu sich und reichte ihm ein weißes Stück Lindenholz.

„So, Sepp, nun schnitz mal eine Figur für unsere neue

Krippe! Du kannst dir gern selber aussuchen, was du schnitzen möchtest."

Ganz aufgeregt lief Sepp in die Küche zur Mutter. „Du, Mutti, ich darf für unsere neue Krippe eine Figur schnitzen!"

Die Mutter schaute ihren kleinen Sepp ungläubig an. Bis jetzt hatte er doch nur Bäume und einfache Tiere geschnitzt. Sicherlich, er wusste, wie man eine Figur konzipiert, und bestimmt würde ihm der Vater auch dabei helfen. Aber für die neue Krippe?

Doch als sie Sepp ansah und der ihr freudig das Stück Holz entgegenhielt, waren alle Zweifel verflogen. „Und welche Figur willst du denn schnitzen?"

Er wusste es selbst noch nicht. Es war ein großes Stück Holz. Am liebsten würde er einen der drei Könige schnitzen, wie er auf einem voll beladenen Kamel einherreitet. Schnell entwarf er mit kindlichen Strichen auf dem Papier ein Modell und übertrug es auf das Holz. Vorher hatte er in Büchern nachgesehen, wie ein Kamel auszusehen hat.

Es vergingen viele Tage. In jeder freien Minute war Sepp dabei, sein Kamel aus dem Holz herauszuschnitzen. Dann aber passierte das Unglück. Sepp hatte wohl das Messer zu sehr zur Seite gedrückt. Es gab einen kaum hörbaren Knacks und schon hatte das Kamel nur noch drei Beine.

Wie gelähmt saß der Junge da und schaute auf seine verunglückte Arbeit. Er hätte laut losheulen mögen. Nun war die ganze Arbeit umsonst und die Freude hin. Auf einmal gefiel ihm das ganze Kamel nicht mehr. Eilig warf er alles in seinen Werkzeugkasten und ging hinüber zum Vater.

Der Vater schaute ihn an und legte seine Werkzeuge beiseite. Nun entnahm er dem Kasten das verunglückte Kamel.

„Ja, mein Junge, du musst dir nicht gleich das Schwerste aussuchen. Sieh mal, es gibt doch noch viel wichtigere Figuren als das Kamel, auch wenn ein König darauf sitzt. Versuchs doch mal mit einem liegenden Schaf oder mit der Krippe!"

Er zog einen Bogen Papier heran und begann, eine Krippe zu entwerfen. Daneben zeichnete er ein liegendes Schaf.

Sepp schaute sich beides lange an. Dann zeigte er auf die Krippe.

„Gut, Sepp, du hast eine gute Entscheidung getroffen. Die Krippe, in die das Christkind hineingelegt wurde, ist ganz wichtig."

Bald hatte Sepp den Entwurf übertragen und begann grob mit dem Messer die Konturen nachzuschneiden. Immer wieder verglich er die Zeichnung mit dem grob beschnittenen Holz. Ja, so könnte es gehen.

Bald hielt Sepp seine Krippe in der kleinen Hand. Sie hatte ihm viel Mühe gemacht. Flach war sie und hatte kurze dicke Beine. Stolz brachte Sepp sie seinem Vater, der dieses kleine Kunstwerk lange prüfend anschaute.

Immer wieder drehte er die Krippe in seiner Hand herum. „Ja, das ist eine schöne Krippe für das Christkind."

Dann griff er zu den Werkzeugen, rückte die Lampe noch ein wenig zurecht, und schon nach wenigen Handgriffen zeichnete sich ein kleines Kind in der Krippe ab.

Wie stolz war Sepp damals, als sein Vater ihm die Krippe zurückgab. Immer und immer wieder musste er sie ansehen, die nun zum Lager für das Christkind geworden war. Dieses lag ganz zufrieden darin und lächelte ihn an, als wollte es sagen: „Danke, Sepp, dass du mir eine so schöne Krippe geschnitzt hast!"

Sepp hat seit damals viel dazugelernt. Heute macht ihm ein Kamel keine Mühe mehr, selbst wenn ein reicher König darauf sitzt. Aber immer, wenn er das Christkind in der Krippe herausschnitzt, wird er aufgeregt. Wird es zufrieden sein und ihn wieder anlächeln, wie damals?

Wie Chris eine neue Oma bekam

Es kam Edith Berger sehr entgegen, dass der Fahrdienstleiter sie vor einigen Wochen frühmorgens in sein Büro gerufen hatte, um sie zu bitten, wieder wie in den beiden Jahren zuvor die Cityroute am Heiligen Abend zu übernehmen. Sollten doch die Kollegen, die Familie hatten, zu Hause mit ihren Lieben feiern. Sie war ohnehin allein.

Für Edith war der Heilige Abend der schlimmste Tag des ganzen Jahres. Wenn andere sich auf dieses Fest freuten, schaute sie ihm nur mit Grausen entgegen. Dabei lag es bereits drei Jahre zurück, dass ihr Lucas an diesem Tag für immer die Augen geschlossen hatte.

Lucas war ihr Ein und Alles gewesen. Sie hatte ihren Sohn abgöttisch geliebt. Schon damals, als er geboren wurde, war sie die glücklichste Mutter der Welt gewesen. Es drehte sich alles nur noch um den Jungen. Ihre Freunde fanden dies unnormal und übertrieben. Aber was machte es ihr schon aus? Edith war es egal. Vielleicht lag es daran, dass sie eigentlich bereits zu alt für ein Kind gewesen war. Dr. Sorger, ihr Hausarzt, hatte ihr abgeraten, das Baby auszutragen. Mit zweiundvierzig sei das Risiko doch recht groß, wenn man es wie sie mit dem Herzen hat; es könne Komplikationen geben. Doch sie freute sich nur darauf. Es war eine wunderschöne, glückliche Zeit.

Edith fuhr den modernen Straßenbahnzug über die nächste Kreuzung. Sie musste sich konzentrieren. Ihre Gedanken flogen immer ein Stück voraus. Was war nur los mit ihr? Lag es an diesem besonderen Tag?

Es fröstelte sie ein wenig. Gleich da hinten wohnte eine ihrer früheren besten Freundinnen. Schade, dass sie keinen Kontakt mehr hatten. Damals hatten sie sich prima verstanden. Später sahen sie sich nur noch ab und zu.

Doch Edith hatte sich nach Lucas' Tod von allen zurückgezogen. Es tat ihr lange schrecklich weh, glückliche Menschen um sich zu sehen. Ob Inge überhaupt noch dort wohnte?

Es fing an, ganz sachte zu schneien. Düster hatte sich die Nacht zwischen die Straßen gelegt und ließ nur die vereinzelten Lichtkegel der Laternen durch ihre Finsternis. Bloß ab und zu kam Edith ein Auto entgegen. Das Scheinwerferlicht reflektierte auf der Frontscheibe der Straßenbahn.

Wozu hatte man überhaupt noch diese Fahrt im Fahrplan? Es lohnte sich doch eigentlich nicht. Die drei oder vier Fahrgäste, die vereinzelt an den Haltestellen standen, hätte man auch gut mit einem Taxi fahren können.

Edith schaute in den Rückspiegel. Das ältere Ehepaar, das an der letzten Haltestelle eingestiegen war, stand soeben auf, um schon an der nächsten Haltestelle wieder auszusteigen. Sie drückten auf den Halteknopf. Zusammengekauert in einem Mantel saß ein alter Mann auf seinem Platz und schaute gelangweilt durch die Scheibe.

Edith hatte das Bordradio eingeschaltet und hörte Ausschnitte aus dem Weihnachtsoratorium von Bach. „Jauchzet, frohlocket …" Früher hatte ihr der Text etwas gegeben. Wenn gleich zu Beginn die Pauken geschlagen wurden, war es ihr jedes Mal durch den ganzen Körper gegangen. Damals konnte sie tatsächlich mitjauchzen, mitfrohlocken. Damals.

Wieder sah sie Lucas vor sich. Jetzt aber nicht mehr den kleinen, aufgeweckten, fröhlichen Blondschopf, sondern den Lucas, der mit dem Tod kämpfte. Er war gerade zehn Jahre alt geworden und Dr. Sorger war wegen einer vermuteten Grippe von ihr gerufen worden. Der Arzt hatte ihn lange, sehr lange untersucht, bevor er ihn ins Krankenhaus eingewiesen hatte. Immer noch sah sie durch die Autoscheibe hindurch ihren ängstlich dreinblickenden Jungen, als das Krankenauto mit ihm davonfuhr. Es folgten viele Wochen voller Sorgen und Angst.

Edith schüttelte energisch mit dem Kopf, um endlich diese beschwerlichen Gedanken loszuwerden. Sie überfielen sie immer wieder neu, wie eine Schar wilder Krähen. Sie lauschte auf die Rezitation im Radio. Gerade wurde den Hirten die Weihnachtsbotschaft vom Engel Gabriel verkündet. „Siehe, ich verkündige euch große Freude, die allem Volke widerfahren wird, denn euch ist heute der Heiland geboren …"

Mit einem entschiedenen Ruck schaltete sie das Radio aus. Heiland geboren? Wo war denn der Heiland damals gewesen? Wieder standen ihr die Tränen in den müden Augen. Warum hatte er nicht geholfen?

Lucas wurde trotz intensiver ärztlicher Betreuung immer schwächer. Seine Arme und Beine magerten zusehends ab. Mit großen Augen schaute er erwartungsvoll zur Tür, wenn er die Schritte seiner Mutter auf dem Flur hörte.

Wie unglaublich schwer wurden Edith damals die Gänge ins Krankenhaus. Immer noch konnte sich ihre Nase bei diesen Gedanken an den krankenhaustypischen Desinfektionsgeruch erinnern.

Edith war gerade beim Chefarzt gewesen und hatte sich nach dem aktuellen Befund erkundigt. Die Ärzte waren ratlos.

„Sind sie Christin, Frau Berger?" Der Arzt schaute sie nachdenklich an.

„Warum?"

„Wir Ärzte sind am Ende unseres Könnens, nun kann nur noch Gott helfen."

Dieser Satz hatte sich in Ediths Herzen eingebrannt wie ein feuriges Siegel. „… nun kann nur noch Gott helfen …" Ja, warum tat er es dann nicht, wenn es ihn denn gab?

Als Kind hatte sie von ihren Eltern das Beten gelernt, aber das war lange her. Das gehörte zu ihren Kindheitserfahrungen, die sie schnell abgelegt hatte, nachdem sie reifer und erfahrener geworden war. So jedenfalls sah sie es.

Beten war etwas für schwache Menschen, für Menschen, die nicht alleine klarkamen mit ihrem Schicksal. Sie aber, sie wusste, was sie wollte, und sie ging ihren Weg, auch ohne ständig zu beten.

Manchmal störte sie es, dass Lucas so stark unter dem Einfluss ihrer Eltern stand. Nicht selten, wenn sie den Jungen von ihnen abholte, bombardierte er sie mit seinen Fragen. Sie war drauf und dran, ihren Eltern zu verbieten, mit ihrem Lucas über Gott zu reden. Wozu sollte das gut sein?

Wie oft hatte sie selbst früher darunter gelitten, dass sie manches nicht tun durfte, was für andere selbstverständlich war. Kinobesuche oder der Treff in der Disco mit ihren Freundinnen. Die hatten Spaß und erzählten in den Schulpausen begeistert von den Jungs, mit denen sie anschließend unterwegs waren. Und sie? Sie spürte oft, wie die anderen sie im Stillen belächelten, als käme sie aus einem anderen Jahrhundert.

Einmal platzte ihr Vater mitten in eine Geburtstagsfeier herein und sah, wie sie Tarotkarten auf dem Tisch ausbreiteten. Marion hatte sie mitgebracht. Sie hatte in einer Bravo davon gelesen und sie sich sofort in einem Esoterikladen in ihrer Nachbarschaft besorgt. Mann, war das lustig gewesen, was sie sich so aus den Karten über die Zukunft herausgelesen hatten.

Plötzlich stand dann Vater in der Tür und wurde kreideweiß. So hatte sie ihn noch nie erlebt. Er riss die Karten an sich und schrie etwas von Teufelskarten, Okkultismus und solches Zeug. Die Geburtstagsfeier war jedenfalls geplatzt. Total erschrocken waren die Freundinnen kurz darauf nach Hause gegangen.

Eine unheimliche Stille hatte sich danach breitgemacht. Wie sehr hatte sie sich damals für ihren Vater und seinen unmöglichen Auftritt geschämt. Als er versuchte, mit ihr darüber zu reden, blockte sie voll ab. Nein, so fanatisch wollte sie nicht werden, niemals.

Erst viel später hatte sie sich darüber Gedanken gemacht, und heute wusste sie, wie sehr ihr Vater damals recht gehabt hatte. Es war ein Teufelszeug, das sie noch lange belastet hatte. Oder war es Zufall, dass Claudia damals kurz danach beim Schlittschuhlaufen im Eis einbrach und ertrank? Kerstin hatte an jenem Geburtstag scherzhaft gesagt, dass jemandem aus ihrer Mitte ein großes Unglück passieren würde. Sie hatte wie eine echte Wahrsagerin getan. Sie hatten über diesen theatralisch vorgetragenen Scherz gelacht. Doch alle Mädchen mussten wieder daran denken, als sie Claudia beerdigten. Klar, sicher wäre sie auch so ertrunken, beruhigten sie sich untereinander. Aber ein kleiner Stachel von Zweifel und Unsicherheit blieb doch in ihren Herzen hängen.

Lucas hatte sie mal nach Gott gefragt. Wie er es wohl machen würde, dass er keinen von uns vergisst, wo es doch so viele Menschen auf dieser Erde gibt, und wo sich denn all die vielen Engel im Himmel aufhalten würden. Ob Gott denn wirklich so viel Platz im Himmel hätte. Edith wusste darauf nichts zu antworten.

Wieder fuhr die Straßenbahn in den nächsten Haltestellenbereich ein. Dort stand ein Junge in seinem viel zu großen Anorak mit hochgeschlagenem Kragen und wartete, bis der Wagen hielt. Er stieg durch die hinterste Wagentür ein. Sicher hatte er keinen Fahrschein, aber was soll's.

Heute waren ganz bestimmt keine Fahrscheinkontrolleure unterwegs, es war ja auch Heiliger Abend.

Die Bahn fuhr langsam wieder an. Nur ab und zu huschten noch einige Leute auf den Gehwegen an ihnen vorbei – irgendwelche Nachzügler, die noch schnell zu ihren Familien kommen wollten. An einer Straßenecke stand sogar ein Weihnachtsmann. Er hatte seinen großen Sack abgestellt und wärmte sich mit einem Schluck aus einer kleinen Schnapsflasche auf.

Edith lächelte vor sich hin. Lucas hatte immer Angst vor dem Weihnachtsmann gehabt, obwohl er genau wusste, dass Onkel Bernd hinter dem Rauschebart steckte.

Wieder wurde der Frau deutlich, wie leer ihr Leben geworden war. Früher hatte sie den Jungen, jetzt war sie allein. Wie gern hätte sie ihm das Weihnachtsfest so schön gemacht, wie gern für ihn gekocht und gebacken. Nun aber war alles so sinnlos und leer geworden. Eigentlich musste sie froh sein, dass sie nun nicht allein in ihrer Wohnung sitzen musste.

Sie blickte wieder in den Rückspiegel. Der Junge hatte sich in die letzte Reihe gesetzt. Er hatte seine Mütze abgenommen und saß zusammengekauert da. Hatte er nicht die gleiche Haarfarbe wie ihr Lucas damals? In Gedanken strich sie ihm durchs Haar. Lucas hatte dann immer die Augen geschlossen und das Streicheln richtig genossen. Auch damals vor drei Jahren.

Edith hatte sich Urlaub genommen, um Tag und Nacht bei ihrem Jungen zu sein. Sie hatte ihn wieder aus dem Krankenhaus geholt, obwohl es ihm viel schlechter ging. Doch der Chefarzt war sofort mit ihrer Bitte einverstanden gewesen.

„Mutti, du musst nicht weinen", versuchte der Junge seine Mutter zu trösten. „Weißt du, was Opa mir erzählt hat?"

Edith schaute fragend auf ihren schwerkranken Sohn. Er hatte ihre Hand genommen. Sie fühlte sich heiß und feucht an.

„Opa sagte mir, dass es im Himmel ganz schön ist, viel schöner als hier, und dass ich mich auf den Himmel freuen darf. Du, ich freu mich wirklich darauf, glaub mir."

Er hatte mit seiner dünnen Hand kräftig zugedrückt, als wollte er seine Aussage dadurch noch unterstreichen. „Du musst also nicht weinen, ganz bestimmt nicht!"

Lucas war immer schwächer geworden. Es tat ihr weh, ihn so leiden zu sehen.

„Lieber Gott, hilf doch dem Lucas!" Erst jetzt merkte Edith, dass sie die Hände gefaltet hatte. Tränen liefen ihr die Wangen hinunter. Hatte sie jetzt tatsächlich gebetet? Erschrocken riss sie die Hände auseinander und trocknete die Schweißtropfen von der kleinen Stirn ihres Kindes.

„Lucas, mein Liebling, verlass mich doch nicht! Ohne dich ist alles so sinnlos." Sie hatte es halblaut in den Raum gesprochen. Ihre Worte hallten noch lange nach.

Langsam öffnete der Junge die Augen und lächelte seine Mutter an. „Mami, bitte lass mich los, ich möchte jetzt schlafen. Du, Mami, wenn ich im Himmel bin, dann warte ich dort auf dich. Oder nein, Mami, ich komme und helfe dir dann, dass du auch in den Himmel kommst, abgemacht?"

Seine Stimme war auffallend schwach geworden. Er schaute seine Mutter mit seinen großen dunklen Augen fragend an.

„Ja, mein Junge, wir werden uns wiedersehen, ganz bestimmt."

„Du, Mami, ich hab dich sehr lieb!"

Edith spürte, wie das Leben allmählich aus diesem kleinen Körper entwich. Lucas war friedlich eingeschlafen. Edith schaltete die kleine Lampe neben seinem Bett aus. Der Raum hüllte sich in ein trauriges Grau.

Noch lange saß sie an seinem Bett. Erst als die Sonne langsam durchs Fenster zu scheinen begann, stand sie auf und benachrichtigte den Arzt. Sie wollte nicht, dass die feierliche Stille durch die Klingel gestört wurde.

Sie schaute aus dem Fenster auf die Straße. Es war Weihnachten. Langsam fielen die Schneeflocken herab, als wäre dies ein ganz normaler Wintertag.

Mit einer raschen Handbewegung wischte Edith sich die Tränen von der Wange. Was soll's, das Leben ging weiter. Sie hatte noch eine Stunde zu fahren, dann würde sie in ihre Wohnung gehen und sich gleich ins Bett legen. Hoffentlich ging die Zeit schnell vorbei.

Wieder schaute sie in den Spiegel. Der Junge saß immer noch zusammengekauert in seinem Sitz. Er war der einzige Fahrgast geblieben. Ob er seine Haltestelle schon verpasst hatte? Sie würden gleich an der Endhaltestelle sein.

Mit einem lauten Quietschen bog die Straßenbahn in die Endschleife ein. Langsam rollte der Zug aus. Edith zog die Bremse an und ging durch den Wagen nach hinten. Der Junge saß immer noch in der Ecke und schaute sie mit seinen großen, braunen Augen an.

„Hallo, junger Mann. Endstation, wir müssen aussteigen."

Der Junge reagierte nicht. In seinen Augen lag etwas Müdes, Trauriges.

Um dem Jungen noch etwas Zeit zu geben, schaute Edith durch die Sitzreihen, ob jemand von den Fahrgästen etwas liegen gelassen hatte. Diesen Durchgang machte sie sonst erst nach der letzten Fahrt. Aber jetzt stieg ja ohnehin niemand mehr ein, wenn sie die Rückfahrt durch die Stadt antrat. Als sie damit fertig war, reagierte der Junge aber immer noch nicht.

„Willst du nicht aussteigen?", fragte Edith ihn mit sanfter Stimme.

Ganz leicht schüttelte er den Kopf.

Edith schaute auf die Uhr. Was sollte sie jetzt machen? „Du, ich muss jetzt wieder zurückfahren. Deine Eltern werden dich suchen, wenn du nicht pünktlich daheim bist."

Wie aus Protest schaute er durch die Scheiben ins Dunkle. Er konnte nichts weiter erkennen außer sein eigenes Spiegelbild, das ihn regungslos anstarrte.

Edith ging zurück in die Fahrerkabine und setzte den Straßenbahnzug in Bewegung. Was mochte mit dem Jungen los sein? Er schien genauso alt zu sein, wie ihr Lucas damals. Seine Haarfarbe war auch ganz ähnlich. Ein tiefer Seufzer entglitt ihrem Herzen. Wie schön wäre es doch, wenn Lucas jetzt wieder bei ihr sein könnte. Sie wischte ihre aufkommende Traurigkeit mit einem Handstrich beiseite. Sie musste sich auf die Straße konzentrieren. Nur ab und zu schaute sie in den Spiegel.

Die Rückfahrt verlief verhältnismäßig schnell. Edith hatte sich nur an den Fahrplan zu halten, Fahrgäste stiegen keine mehr zu.

Der Junge in der letzten Bankreihe saß immer noch zusammengekauert auf seinem Platz. Bald würden sie im Depot sein. Was sollte sie jetzt nur machen?

Erwin, der Depotwärter, winkte ihr beim Einfahren zu. Der arme Kerl würde jetzt sicher auch viel lieber zu Hause bei seiner Frau und den Enkeln sein, als hier die letzte Bahn hereinzulassen. Wenigstens würde auch er jetzt gleich Feierabend haben.

Edith ging zurück zu dem Jungen. „Wie heißt du eigentlich?"

Es kam keine Antwort.

„Komm, sag schon, wie heißt du? Wir müssen hier raus. Jetzt wird alles abgeschlossen, und wenn du nicht eingeschlossen werden möchtest, musst du mit aussteigen." Fragend schaute Edith den Jungen an.

Ganz langsam erhob er sich, ohne die Hände aus den Anoraktaschen zu ziehen. Er schlurfte zur Tür und stieg müde hinaus in die Dunkelheit.

Edith nahm ihre Tasche und schloss die Bahnverriegelung in der Fahrerbox ab. Sofort erlosch das Licht in der Bahn. Als sie sich umdrehte, sah sie den Jungen immer noch hilflos herumstehen.

„Mann, Junge, nun sag doch mal was!"

Sie erhielt keine Antwort.

Etwas verärgert ließ sie ihn stehen und machte sich auf den Weg zu Erwin.

„Na, Edith, alles in Ordnung?"

Edith hängte den Schlüssel an das Regal. „Ich wünsche dir ein schönes Weihnachten, Erwin, und grüß deine Frau von mir."

„Danke, was machst du heute noch?"

Edith fand diese Frage überflüssig. „Ich bin müde, ich geh gleich ins Bett", gab sie dennoch zur Antwort.

Sie zog ihren Mantel noch enger zusammen, schob die Kapuze über den Kopf und ging zurück auf den Betriebshof.

Es war fast Mitternacht. Der Himmel war bedeckt, vereinzelt fielen Schneeflocken. Es war kalt. Sie würde jetzt noch eine halbe Stunde zu laufen haben, dann konnte sie sich aufwärmen. Gott sei Dank, dass der Heilige Abend fast vorbei war.

Mit großen Schritten ging sie ihrer Wohnung entgegen. Von Weitem konnte sie schon das Hauslicht erkennen. Mit ihrer rechten Hand griff sie in die Tasche, um ihren Hausschlüssel herauszuziehen. Als sie vor der Tür stand, klopfte sie sich den Schnee vom Mantel und stampfte ihn von den Füßen. Sie steckte den Schlüssel in das Schloss, das sich mit einem leisen bekannten Klick öffnete. Doch ein komisches Gefühl überkam sie in diesem Moment. War da jemand?

Sie schaute sich ängstlich um. Eigentlich war sie eine mutige Frau, aber in diesem Moment fühlte sie sich unsicher. Zu undurchdringlich war die Dunkelheit, aus der sie gerade ein leises Geräusch gehört hatte. Sie betrat den erleuchteten Flur und wartete einen kurzen Augenblick. Dann öffnete sie erneut die Haustür und schaute auf die Straße.

Jetzt sah sie ihn, den Jungen aus der Straßenbahn. Er war ihr also bis hierher gefolgt.

„Junge, was ist nur los mit dir? Warum gehst du nicht nach Hause? Deine Eltern warten sicher mit großer Sorge auf dich."

Er stand hilflos auf der Straße und starrte sie unentwegt an, ohne zu antworten.

Eine dunkle Ahnung überkam sie. Sie hatte erst kurz vor Weihnachten einen Zeitungsartikel über die Straßenkinder in ihrer Stadt gelesen und war erschrocken, dass es in Deutschland schon bei den Kindern so viel Elend gibt. Sollte der Junge einer von diesen bedauernswerten Geschöpfen sein? Was, wenn er sich auf diese Masche nur in ihre Wohnung einschleichen wollte? Aber wenn er sie hätte ausrauben wollen, warum war er dann in der Bahn einfach sitzen geblieben?

Ihr Herz, mit dem sie oft Probleme hatte, blieb ganz ruhig. Eine innere Stimme sagte ihr, dass der Junge ganz einfach nur Hilfe brauchte. Es war Weihnachten – war es vielleicht Gott, der ihr dieses Kind über den Weg laufen ließ? Bei diesem Gedanken wusste Edith plötzlich, was sie zu tun hatte.

„Willst du mit reinkommen?", fragte sie spontan.

Langsam kam der Junge näher und betrat den Hausflur. Edith schloss hinter ihm die Tür ab und ging voraus in die Wohnung.

„Komm, zieh deine Jacke aus", sagte sie und schaute liebevoll in die ängstlichen Augen des Jungen. Dann begann sie, ihm den Anorak auszuziehen. Sie nahm ihm die Mütze ab und fasste ihn bei den eiskalten Händen. „Komm, nun sag mal, wie du heißt."

„Chris", antwortete er zögernd.

„Na also, Chris, das ist ein sehr schöner Name. Komm, nun wärm dich erst mal auf." Sie schob ihn ins Wohnzimmer und drehte die Zentralheizung voll auf.

„Sag mal, Chris, was ist mit deinen Eltern, werden sie

dich nicht suchen?" Edith schaute dem Jungen besorgt ins Gesicht. „Wir sollten ihnen wenigstens sagen, dass du hier bist."

„Nein auf mich wartet niemand. Einen Papa hab ich nicht und meine Mutter musste noch ganz dringend etwas erledigen. Sie wird mich überhaupt nicht vermissen." Die Antwort des Jungen kam sehr spontan und klang echt.

Edith bereitete flugs zwei große Becher mit süßem Tee vor. Chris griff sofort danach und wärmte sich an der dicken Keramiktasse die Hände.

„Ich muss erst morgen zum Abendessen wieder zu Hause sein", log er und begann das heiße Getränk in sich hinein zu schlürfen.

Inzwischen hatte Edith einiges Gebäck und Süßigkeiten auf den Tisch gestellt und freute sich, dass Chris es sich schmecken ließ.

„Aber heute ist doch Heiligabend! Da sollte man bei der Familie sein und mit den anderen die Geburt des Christkindes feiern", versuchte Edith es noch einmal. „Und wenn deine Mama keine Zeit hat, warum bist du dann nicht zu deinen Großeltern gegangen, oder wohnen die nicht hier in der Stadt?

„Du bist doch auch alleine und gefeiert hast du auch nicht. Du hast gearbeitet. Und Großeltern hab ich keine."

Wie schlagfertig der Junge jetzt auf einmal war. Doch er hatte auch irgendwie recht. Warum feierte sie nicht die Geburt des Herrn? Ja, das Gerede ihrer Eltern über den Glauben hatte sie gestört, aber dass Gott selbst zu den Menschen auf die Erde kam, das hatte sie immer fasziniert. Deswegen hatte sie Weihnachten immer gemocht. Seit sie alleine war, war dieser Tag für sie aber eher ein

Trauertag geworden. Er machte ihr deutlich, wie schön es hätte sein können, wenn ihr Lucas noch leben würde. Der Gedanke, dass die anderen an diesem Abend miteinander sangen, das Weihnachtsevangelium hörten und sich dann über die Geschenke freuten, machte ihr immer tüchtig zu schaffen. Dabei sollten diese Tage doch nicht einsam und traurig machen. Wie war das noch gleich? Wie hieß es in der Weihnachtsgeschichte? „Fürchtet euch nicht. Ich verkündige euch große Freude", hatte doch der Engel den erstaunten Hirten gesagt. „Euch ist heute der Heiland geboren!"

„Weißt du eigentlich, mein Junge, warum wir Weihnachten feiern?", wollte sie plötzlich von Chris wissen.

Der Junge schüttelte den Kopf, während er sich einen runden Pfefferkuchen in den Mund schob. „Wegen der Geschenke vielleicht?"

Er schaute Edith fragend an, und sie spürte, dass es wohl doch einen tieferen Sinn hatte, dass dieser Junge jetzt bei ihr war.

„Chris, mir ist gerade ein guter Gedanke gekommen. Wie wäre es, wenn wir beide morgen miteinander richtig Weihnachten feiern würden? Vorher aber müssen wir mit deiner Mama sprechen."

Ungläubig schaute der Junge Edith an.

Plötzlich bekam sie große Lust, für morgen ein gutes Essen vorzubereiten. Sie holte ihr schönstes Geschirr aus dem Schrank und stellte es auf die frischaufgelegte Tischdecke.

Sie hatte das kleine Küchenradio, das sie sonst oft nur frühmorgens zur Zeitansage brauchte, eingeschaltet. Aus dem winzigen Lautsprecher ertönte in diesem Moment

„Stille Nacht, heilige Nacht", und sie begann leise mitzusingen.

Chris hatte sich auf die Couch gelegt. Er war inzwischen eingeschlafen. Edith deckte ihn mit einer dicken Wolldecke zu.

Lange schaute sie auf den Jungen. Hatte er nicht große Ähnlichkeit mit Lucas? Langsam strich sie über sein hellblondes Haar, genauso wie sie es allabendlich bei Lucas getan hatte, wenn er sein Abendgebet gesprochen hatte, was ihm im Gegensatz zu ihr immer sehr wichtig gewesen war.

Als Edith daraufhin auch zu Bett ging, entdeckte sie plötzlich ein merkwürdiges Gefühl in sich, das über Jahre verschüttet gewesen war.

Schon sehr früh war Edith aufgestanden. Sie freute sich auf den Tag. Draußen begann es wieder sanft zu schneien. Dicke Schneeflocken tänzelten hin und her. Edith stand lange am Fenster und schaute ihnen zu.

Was mag es mit diesem Jungen auf sich haben? Warum hatte die Mutter ihn an einem solchen Abend allein gelassen? Freiwillig hätte sie selbst es wohl nicht getan. Wie kam es nur, dass er gleich ein solches Zutrauen zu ihr gefasst hatte, er kannte sie doch gar nicht? War es Verzweiflung?

Edith nahm sich vor, nachher gleich seine Mutter anzurufen, damit sie sich keine Sorgen machte.

Was wird der Junge wohl zum Frühstück trinken wollen?

Noch bevor sie für sich eine Antwort fand, hatte sie das starke Gefühl, dass sie beobachtet wurde. Chris schaute ihr durch die offene Tür bei ihrer Arbeit zu.

Ein wunderbarer Bratenduft durchzog die Räume, als Chris die Augen aufschlug. Er musste sich erst langsam zurechtfinden. Nur allmählich erinnerte er sich an gestern.

Als die Mutter zum Einkaufen gegangen war, hatte er seine Sparbüchse vom Regal genommen und nachgesehen, wie viel Geld da noch drin war. Es mussten noch einige Euroscheine sein. Den ganzen Nachmittag lang hatte er überlegt, wie er seiner Mutter eine zusätzliche Freude machen konnte. Sie sollte noch ein Geschenk zu der großen Schachtel Pralinen dazubekommen.

Er freute sich auf den Abend. Aber er hatte auch Angst. Wenn nur die Mutter nicht wieder anfangen würde zu trinken … Das war nämlich meistens so.

Wenn sie abends zusammensaßen oder wenn Chris ins Bett gegangen war, holte die junge Frau eine Flasche aus dem Schrank und goss sich einen „Kleinen" ein, wie sie es nannte. Wie sehr hasste Chris diesen Schnaps. Meist endeten die Abende damit, dass seine Mutter irgendwann zu heulen anfing. Meist kam sie dann zu Chris und kuschelte sich ganz dicht an ihn heran. Sie roch entsetzlich nach diesem Schnaps. Und dann fing sie immer an, ihm tausendmal zu erklären, dass er doch ihr Ein und Alles sei.

Chris fühlte sich dabei so hilflos. Was sollte er denn nur machen? Die anderen Kinder hatten es gut, die hatten eine Oma und einen Opa. Die konnten zu ihnen gehen, wenn sie nicht weiter wussten. Chris dachte an Björn, der hatte gleich zwei davon ganz dicht bei sich wohnen. Warum hatte er keine? Bestimmt wäre alles ganz anders, wenn auch sie mal Besuch bekämen oder zu den Großeltern fahren könnten. Er hatte ja eine Oma, aber die wohnte weit weg, viel zu weit entfernt.

Chris hatte die Sparbüchse auf den Tisch gestellt und suchte den kleinen Schlüssel. Wo war er nur? Er hatte ihn nicht gefunden, wo er sonst immer lag. Das konnte doch nicht sein. Mann, wo war dieses blöde Ding?

Er musste sich beeilen, denn seine Mutter würde bald wieder zurück sein. „Ich bin nur ganz kurz weg", hatte sie ihm zugerufen, bevor sie ging.

Chris musste sich etwas einfallen lassen. Er nahm die Sparbüchse, einen lustig grinsenden Clown, und betrachtete das Schloss. Er drehte den Clown einige Male um. Komisch, es war überhaupt kein Hartgeld drin, das konnte er sonst klimpern hören. Hatte er denn alles rausgenommen, als er das Geld für die Pralinen gebraucht hatte? Er konnte sich nicht daran erinnern. Energisch schüttelte er die Büchse, um das Rascheln der Scheine wahrzunehmen.

Langsam beschlich ihn eine schlimme Ahnung. Er holte einen großen Schraubenzieher und setzte ihn zwischen dem Porzellan und dem einfachen Schloss an. Das Schloss gab sofort nach. Der Bauch des Clowns war vollkommen leer.

Fassungslos schaute Chris in das Innere. Langsam liefen ihm die Tränen über die Wangen. Jetzt wusste er auch, warum die Mutter noch mal schnell einkaufen gegangen war. Er stand immer noch wie versteinert da, als die Wohnungstür aufgeschlossen wurde.

„Hallo, mein Schatz, da bin ich wieder!"

Weil er nicht gleich geantwortet hatte, schaute sie flüchtig in das Wohnzimmer. Sofort begriff sie die Situation.

„Liebling, entschuldige, du kriegst das Geld gleich nach Weihnachten wieder", versuchte sie sich rauszureden. „Ich hab es ganz dringend gebraucht."

Sie wollte Chris versöhnlich in den Arm nehmen. Er aber riss sich los und rannte zur Garderobe.

„Ja, für deinen Schnaps hast du es gebraucht!", schrie er und lief mit seinem Anorak und der Mütze auf die Straße.

Chris war todunglücklich. Menno, warum musste nun auch der Heilige Abend, auf den er sich so gefreut hatte, wieder so enden?

Langsam ging er durch die Straßen. Ab und zu kamen ihm Leute entgegen. Sie lachten und freuten sich. Warum war das bei ihm nur alles so blöd?

Immer wieder schlugen seine Gedanken Purzelbäume. Nein, er wollte nicht wieder zurückgehen. Sollte seine Mutter doch alleine bleiben. Warum tat sie ihm das auch immer wieder an?

Er drückte den Anorak noch fester an sich. Ihm war kalt. Was sollte er denn jetzt machen? Wo sollte er hingehen?

Ein Weihnachtsmann kam um die Ecke und drohte ihm mit seiner Rute. „Bist du auch immer brav gewesen?"

Chris rannte einfach weg. Er rannte so schnell er konnte, bis ihm die Puste ausging. Er wollte weg, er wollte einfach nur weg. Wohin, wusste er nicht. Sein hastiger Atem zog wie ein Nebel durch die Nacht. Wo war er eigentlich? Er suchte vergeblich nach irgendeinem Anhaltspunkt. Doch diese Gegend kannte er überhaupt nicht.

Er konnte nicht mehr weiterrennen, also ging er einfach weiter die Straße entlang. Es war ihm total egal, wo er ankommen würde.

Langsam schälten sich die Konturen einer Straßenbahnhaltestelle aus der Dunkelheit. Dort setzte er sich auf die kalte Bank. Ob hier überhaupt noch eine Bahn vorbeikommen würde? Ach, das war ihm auch egal.

Dann kam sie doch und er war einfach eingestiegen und bis zum Schluss mitgefahren. Was war aber dann passiert? Er konnte sich nicht mehr erinnern.

Was mochte seine Mutter jetzt wohl gerade machen? Nein, er wollte nicht daran denken. Und doch ließen ihn die Gedanken nicht los. Hätte er doch nicht von Zuhause weglaufen dürfen? Es kamen ihm erstmals Zweifel. Seine Mutter hatte bestimmt gestern Abend die ganze Flasche Schnaps ausgetrunken und lag sicherlich immer noch irgendwo im Wohnzimmer und schlief ihren Rausch aus.

Mann, wie sehr hasste er doch den Alkohol. Warum nur versuchte seine Mutter so mit ihren Problemen fertig zu werden? Sie hatten doch noch genug andere Probleme, sie beide.

Nun also roch es wunderbar nach gebratenem Fleisch. Chris sog diesen Duft ganz tief in seine Lunge.

„Guten Morgen, mein Junge, wie hast du denn geschlafen?", wollte Edith wissen.

Er lächelte zufrieden. „Darf ich zu dir in die Küche kommen?"

Sie nickte, goss die warme Milch auf das Kakaopulver und freute sich aufs gemeinsame Frühstück. Gemeinsam schmeckte alles viel besser als sonst, wenn sie hier alleine am Küchentisch saß. Sie durfte aber auch nicht vergessen, dass Chris nur ihr Gast war. Vielleicht würde er auch niemals wiederkommen.

Der Gedanke daran machte sie traurig. Wenn es wirklich stimmte, dass er keine Großeltern und offensichtlich auch keinen Vater hatte, konnte sie sich dann nicht mit um ihn und seine Mutter kümmern? Sie wollte doch eigentlich immer eine Familie haben, wissen, wohin sie gehörte. Vielleicht war die junge Frau mit Chris ja auch überfordert und froh, wenn sie eine Anlaufstelle für den Jungen hatte? Diese und viele andere Gedanken kreisten in Ediths Kopf herum.

Chris war sehr still geworden. Er dachte an seine Mutter. War es richtig, dass er einfach fortgelaufen war und sie dort weinend zurückgelassen hatte? Er hatte sie doch lieb, aber warum hatte sie sich nur so wenig in der Gewalt? Er merkte, wie ihm wieder Tränen in die Augen schossen.

Langsam legte er das Besteck zur Seite. „Meine Mama hat gestern zu viel Schnaps getrunken, deshalb bin ich von zu Hause weggelaufen", platzte es aus ihm heraus.

Er traute sich nicht aufzuschauen, er schämte sich gewaltig.

Edith war so erschrocken, dass sie nicht gleich wusste, was sie darauf sagen sollte.

Sie konnte sich vorstellen, wie es der jungen Frau jetzt wohl ging. Sie musste sie unbedingt anrufen und ihr sagen, dass sie sich nicht um ihren Jungen sorgen müsse.

Noch während Chris sein frisch aufgebackenes Brötchen aß, ging Edith in das Kinderzimmer, das sie seit Lucas' Tod selten betreten hatte.

Für einen Moment krampfte sich ihr Herz zusammen, dann aber sah sie Chris vor sich. Wurde es nicht Zeit, dass sie sich mit dem Heimgang ihres Lucas abfand, auch wenn es noch so sehr weh tat? Sie nahm einige Sachen aus dem Schrank. Sie war sich sicher, dass sie Chris passen würden.

Inzwischen war der Junge aufgestanden und stellte, wie er es von zu Hause gewohnt war, das benutzte Geschirr auf die Schrankablage.

Mann, er kannte diese Frau doch gar nicht! Warum war sie so freundlich zu ihm, warum tat sie so vertraut?

Während Chris ins Bad ging, musste er zugeben, dass er sie mochte und er es sich auch gern gefallen ließ, so verwöhnt zu werden. Er putzte sich sorgfältig die Zähne und kämmte sein Haar glatt.

Als er zurückkam, lagen einige Kleidungsstücke für ihn auf dem Stuhl.

„Schau mal, wenn du möchtest, kannst du das gerne anziehen."

Chris war sprachlos. Einen solchen Pullover hatte er sich immer gewünscht, und auch die Jeans waren super. Als er alles angezogen hatte, ging er wortlos in die Küche, um sich bei Edith vorzustellen.

„Na, prima, das passt ja wie angegossen!" Edith freute sich. Chris' Augen begannen, zu strahlen. Er setzte sich wieder an den Tisch.

Edith setzte sich zu ihm. „Und wo bist du zu Hause?"

Sie hatte etwas so Mütterliches in der Stimme, dass Chris sofort seine Adresse nannte. „Hast du Kinder oder Enkelkinder?", wollte er leise wissen.

Edith schüttelte den Kopf und begann, ein wenig von Lucas zu erzählen. Als sie fertig war und wieder aufschaute, sah sie, dass Chris weinte. Lautlos liefen ihm die Tränen über die Wangen. Warum weinte der Junge?

Er schluchzte plötzlich noch heftiger. Sein schmächtiger Körper zuckte in ungleichmäßigen Abständen, wenn er kurz Luft holte. Es fiel ihm schwer, zu sprechen. „Ich glaube, ich muss jetzt nach meiner Mutter sehen. Die ist bestimmt genauso traurig wie du, wenn ich nicht nach Hause komme." Er schaute unsicher auf seinen Teller.

„Komm, erzähl mal, was gestern bei euch los war, oder möchtest du nicht darüber sprechen?"

Edith hörte sich schweigend die ganze Geschichte an. Sie empfand Mitleid mit dem Jungen und auch mit jener jungen Frau, die offensichtlich mit ihrem Leben alleine nicht klar kam.

„Weißt du was, Chris? Wenn du möchtest, gehen wir jetzt zu deiner Mutti und holen sie hierher. Unser Mittagessen reicht ganz gewiss auch noch für sie. Einverstanden?"

Chris strahlte Edith plötzlich an, obwohl ihm immer noch Tränen über die Wangen liefen.

Kurz darauf gingen die beiden nebeneinander durch die Straßen. Es war ein weiter Weg. Irgendwann ergriff Chris Ediths Hand. Er fühlte sich auf einmal glücklich und irgendwie geheimnisvoll geborgen.

„Wenn nur mit Mutti alles wieder gut wird." Chris hatte es ganz unverhofft gesagt und offenbarte damit seine tiefsten Gedanken.

Edith blieb stehen und drückte den Jungen an sich. „Du, Chris, ob ich euch wohl dabei helfen kann? Ich möchte es sehr gerne."

Chris antwortete nicht. Sie gingen schweigend weiter.

Vor dem Haus, in dem Chris wohnte, spielten Ines und Lutz mit einem neuen Gameboy, den Lutz gestern bekommen hatte. Sie blickten überrascht auf.

„Ey Chris, ist das deine Oma? Ich wusste gar nicht, dass du eine Oma hast", sagte Lutz.

Edith fand diesen Gedanken nicht unangenehm. Chris drückte ihre Hand noch fester und Edith drückte zurück. Wortlos gingen sie an den beiden vorbei.

Sie gingen die nächsten Stufen nebeneinander hoch, bis sie vor der Wohnungstür standen.

Chris klingelte. In diesem Moment hatte er wieder furchtbare Angst, dass seine Mutter irgendwo in der Wohnung schlief, umgeben von leeren Schnapsflaschen.

Doch die Tür wurde sofort geöffnet.

„Chris, mein Junge, da bist du ja! Du, ich hab mir wahnsinnig viele Sorgen um dich gemacht. Ich hab die ganze Nacht nicht geschlafen." Seine Mutter drückte Chris fest an sich. „Du bist doch alles, was ich hab!" Vor Freude fing sie an zu weinen.

„Hast du wieder … getrunken?" Chris schaute seine Mutter zweifelnd an.

„Nein, ich hab nur auf dich gewartet." Jetzt erblickte die junge Frau auch Edith. Fragend schaute sie die beiden an.

„Du, Mutti, ich habe uns eine Großmutter mitgebracht, was sagst du dazu? Gefällt sie dir auch?", fragte Chris.

Die junge Frau verstand überhaupt nichts, bat Edith und Chris jedoch zaghaft herein.

Erst als Chris ihr erzählt hatte, wo er in der vergangenen Nacht gewesen war und wie sich Edith liebevoll um ihn gekümmert hatte, entspannte sich ihr Blick. Die gütig lächelnde fremde Frau gefiel ihr.

Wie sehr hatte sie immer darunter gelitten, dass sie beide ganz allein waren. Andere haben ihre Eltern in der Nähe, die Großeltern, die sich auch oft um die Kinder kümmern, und sie war immer alleine. Nicht einmal Geschwister hatte sie hier in der Stadt.

„Ich möchte Ihnen ganz herzlich dafür danken, dass Sie sich um Chris gekümmert haben. Ich weiß gar nicht, wie ich das wiedergutmachen kann", stammelte die junge Frau.

„Das ist auch nicht nötig", wiegelte Edith ab. „Ich habe es doch gerne getan. Und Chris hat mir geholfen, über den Heiligen Abend hinwegzukommen."

Die junge Frau zog Chris ganz dicht an sich heran. „Du darfst nie wieder einfach so weglaufen, Chris. Es tut mir so leid, dass alles gestern so gelaufen ist. Es hätte so schön sein können, aber ich …"

„Eigentlich wollte ich fragen, ob Sie nicht Lust hätten, bei mir Mittag zu essen", fiel Edith ihr ins Wort. „Es ist ein Festtagsbraten im Ofen, und es würde mich sehr freuen, wenn sie beide zu mir kommen würden. Ich wäre sonst auch nur alleine. Ich würde mich wirklich sehr freuen", unterstrich sie noch einmal die Einladung.

Als Edith die Zusage hatte, machte sie sich alleine auf den Rückweg. Sie hatte noch eine Menge für das Festmahl vorzubereiten. Sie freute sich darauf. Jetzt wurde es endlich auch für sie wieder Weihnachten, und sie nahm sich vor, den beiden später vorzuschlagen, für sie eine echte gute Oma zu sein. Gemeinsam würden sie auch die Probleme lösen können. Seit langer Zeit freute sie sich wieder über Weihnachten und spürte sogar so etwas wie Dankbarkeit gegenüber Gott, der seine Geschöpfe wunderbar führt und leitet. Leise begann Edith ein Weihnachtslied zu summen. Es fing langsam wieder an, zu schneien. Die weißen Schneeflocken verfielen schließlich in einen wilden Tanz, als wären sie von Ediths Freude angesteckt.

Wie Gott Lars Svenson
das Danken lehrte

Lars Svenson hieß eigentlich mit richtigem Namen Lars Levi Svenson – so jedenfalls konnte man es im Taufregister des Kirchenbuches von Sudkorv, einem kleinen schwedischen Dorf an der Ostseeküste, nachlesen. Die Kinder nannten ihn aber nur „Griesbär", denn genauso war er auch. Es gab wohl nur noch einen einzigen Menschen auf der ganzen Welt, der noch griesgrämiger und unfreundlicher war, und das war der lange Nathan aus dem Nachbardorf, von dem man sagte, dass er mit dem Bösen im Bunde stehe.

Lars Svenson wurde von den Bewohnern des Dorfes nicht sehr gemocht. Man mied ihn, so gut es nur ging. Nicht zuletzt auch deshalb, weil er ständig fluchte und über Gott seine Späße machte.

„Lars Levi Svenson, mit dir wird es einmal ein böses Ende nehmen, wenn du so weitermachst!", prophezeiten die Alten, die noch seinen vollen Namen kannten. „Nur schade um deinen kleinen Ole."

Seit Oles Mutter vor zwei Jahren plötzlich gestorben war, lebten sie allein, Lars Svenson und sein fünfjähriger Sohn Ole. In der großen weiten Welt schien es nichts zu geben, was Lars zu lieben schien, außer den Jungen. Wenn er seinen kleinen munteren Sohn so ansah, ließ er sogar manchmal vom Fluchen ab. Doch vor einem Jahr machte Lars Svenson wieder einmal von sich reden. Der ganze Ort war über ihn empört, und das kam so:

Lars Svenson hatte eine betagte, fast schon erblindete Schäferhündin.

„Du bist zu nichts mehr nütze, frisst nur und nimmst uns den Platz weg!", sagte er eines Tages, band seine Nellie los und ging mit ihr in den nahen Wald.

Der Weg war weit. Der Herbst hatte sich gerade eingestellt und begann die Natur in ein kaltes Weiß zu hüllen, viel früher, als es sonst in dieser Gegend üblich war.

Endlich hielt Lars Svenson an, kraulte der alten Hündin noch einmal hinter den Ohren, band sie mit einer Leine an einen dicken Baum fest und sagte ihr Lebewohl.

Nellie begriff und riss verzweifelt an der Leine, als sie ihren Herrn davongehen sah. Es half ihr aber nichts. Sie winselte und bellte, wedelte mit dem Schwanz, um ihren herzlosen Herrn umzustimmen, aber sie hatte keinen Erfolg. Lars drehte sich nicht einmal mehr nach ihr um. Einsam blieb Nellie im kalten Herbstwald zurück.

Am Abend hörte man im Ort ein geheimnisvolles, entferntes Heulen aus dem Wald. Der Wind hatte sich gedreht und trug das Wehklagen in das Dorf. Unheimlich bahnten sich die verzweifelten Laute ihren Weg an die Ohren der Dorfbewohner. An diesem Abend dauerte es lange, bis auch im letzten Haus die alten Petroleumlampen gelöscht wurden und die Leute endlich ins Bett gingen. Ab und zu sah man unruhige Gesichter durch die halb zugefrorenen Fensterscheiben in das Dunkel schauen.

Björns Vater, Dorflehrer und Prediger der kleinen Gemeinde des Ortes, las seinem Sohn abends meist aus einem dicken Buch vor. An diesem Abend sah Björn ihn lange nachdenklich an, als wollte er ihn fragen, was er über dieses seltsame Geheule da draußen dachte.

Am nächsten Tag in der Schule wurden grausige Geschichten von einem Geisterhund erzählt, der zähneknirschend und Blut lechzend durch den nahen Wald streift und jeden, der sich auch nur einen Schritt hineinwagt, sofort grausam umbringt. Einige Jungen wollten ihn auch gesehen haben, mit einem langen Feuerschweif und mächtigen Zähnen.

Björn wusste nicht recht, was er von all dem halten sollte. Doch schließlich bekam auch er Angst und vermutete hinter jeder Hausecke und jedem Strauch das Ungeheuer.

„Sag mal, mein Junge, hast du Angst?", fragte ihn sein Vater und schaute ihn herausfordernd an.

Björn nickte nur, und sein Vater verstand ihn. Auch in diesem Moment war wieder das Heulen zu hören. Jetzt klang es noch verzweifelter. Der Wind brachte es ganz deutlich in das kleine Dorf. Doch, ja, Björn hatte entsetzliche Angst, und vor seinem Vater konnte er es nicht verbergen.

„Gut, Junge, dann gehen wir der Sache auf den Grund", sagte der Vater, stand auf, zog sich seine dicke Felljacke an, nahm das Jagdgewehr über die Schulter und ging zur Tür hinaus.

Nun schämte sich Björn seiner Angst. Von seinem Vater hatte er gelernt, über alles klar und nüchtern nachzudenken, und sein Vater hatte ihn auch gelehrt, dass man sich vor nichts zu fürchten braucht außer vor Gott, wenn man mit ihm uneins ist. Schnell zog auch Björn seine hohen Stiefel an, nahm seinen Mantel vom Haken, ergriff noch schnell die neue Taschenlampe, die ihm sein Onkel aus Göteborg zum letzten Weihnachtsfest geschickt hatte, und lief seinem Vater nach.

Dieser war schon ein ganzes Ende vom Haus entfernt und drehte sich nach dem Jungen um, als er ihn rufen hörte. Björn sah, wie sein Vater ihm zufrieden zulächelte.

Gemeinsam gingen sie in den Wald. Es begann, langsam dunkel zu werden, und es war kalt und ungemütlich. Der Wind hatte zugenommen und wirbelte die dicken weißen Schneeflocken durcheinander. Wieder war das schreckliche Heulen zu hören, jetzt jedoch näher und lauter. Es klang entsetzlich.

Björn ergriff ängstlich die Hand seines Vaters. Und wieder erklang das schreckliche Heulen.

„Es wird nicht mehr weit sein", sagte Björns Vater beruhigend.

Doch der Gedanke, dass Björn nun bald das rätselhafte Ungeheuer zu Gesicht bekommen sollte, ließ ihn erschauern. Er umklammerte die Hand seines Vaters noch fester.

Ab und zu blieben beide stehen, um die Richtung ausfindig zu machen, aus der das Heulen kam. Nun klang es schon ganz nah. Es hörte sich viel schrecklicher an als aus der Ferne.

„Es ist ein großer Hund, Björn." Obwohl sein Vater leise gesprochen hatte, zuckte der Junge erschrocken zusammen.

Björns Vater kannte sich mit Hunden gut aus. Er hatte viele Jahre lang einen Hund besessen, der ihn auf seinen oft tagelangen Reisen begleitet hatte. Ein Wilderer hatte seinen Hund damals erschossen.

Jetzt waren die Laute ganz nah. Björns Herz pochte laut vor Aufregung. Was würde er nun zu sehen bekommen? Er zitterte am ganzen Körper.

„Ist ja gut!"

Björn erschrak wieder, diesmal über die Stimme seines Vaters. Ob er wohl das Zittern bemerkt hatte? Nein, Vater hatte es nicht zu ihm gesagt. Er sagte es noch einmal, beruhigend, langsam.

„Ist ja gut!" Er sagte es nun noch einmal und plötzlich brach das Heulen ab und man hörte ganz deutlich einen Hund winseln.

„Leuchte mal, Björn!" forderte der Vater seinen Sohn auf. Björn gab ihm die Lampe.

Er selbst konnte sie nicht halten, ihm standen die Tränen in den Augen. Ganz verschwommen erkannte er im Lichtstrahl Bäume, Sträucher und viel Schnee. Und dann sah er es: das Ungeheuer. Angebunden an einen dicken Baum – ein alter Hund.

Halb verschneit lag er auf dem Boden und zitterte entsetzlich. Er scharrte noch etwas mit den Vorderpfoten, versuchte aufzustehen und brach erneut ermattet zusammen, hob den Kopf und ließ ihn kraftlos wieder sinken.

Björn und sein Vater standen da und schauten auf das arme Tier zu ihren Füßen. So also sah ein Ungeheuer aus?

„Es ist Nellie", brachte der Vater mit merkwürdig rauer, stockender Stimme hervor. „Es ist Nellie, die Hündin von Lars Svenson. Er muss sie ausgesetzt haben. Wie konnte er nur so grausam sein!"

Björn weinte auf dem ganzen Heimweg still vor sich hin. Dieser Tränen hätte er sich auch am Tag nicht geschämt, ganz bestimmt nicht.

Der Vater hatte die alte Nellie auf seine Arme genommen und trug sie nach Hause.

Dort zitterte Nellie immer noch vor Hunger und Kälte. Sie bekam warme Milch, dann trocknete der Vater sie mit einem angewärmten Wolltuch ab. Bald schlief Nellie ganz fest ein. Sie schlief lange und merkte nicht, dass Björn und sein Vater zwischenzeitlich fort waren.

Björns Vater ging währenddessen zu Lars Svenson und sagte ihm, dass Gott auf alle seine Geschöpfe achte, und auch er, Svenson, würde einmal dafür Rechenschaft ablegen müssen.

Doch Lars Svenson lachte nur und antwortete auf die Frage, was nun mit Nellie geschehen soll, spottend: „Ganz einfach, Prediger, Sie haben Nellie gerettet, das ist nun Ihre Sache. Ich schenke Sie Ihnen mit Freuden!"

Wie hart und gehässig das klang. Björn sah, wie sein Vater seine Hand zur Faust ballte und sie dann wieder mit einem kräftigen Ruck öffnete.

Seitdem wurde die alte Nellie Björns beste Freundin. Der Vater nahm sie auch oft auf seinem Wagen mit, wenn er in der Umgebung Hausbesuche machte. Nur manchmal machte sie sich selbstständig auf den Weg und blieb einige Stunden fort. Man sah sie dann am Haus des Lars Svenson. Doch sobald es dunkel wurde, kam sie immer wieder zu Björn zurück.

Im Dorf wurde noch lange über Nellies Schicksal gesprochen und Lars Svenson schnitt dabei wahrhaftig nicht gut ab.

Wenige Wochen später gab es wieder eine große Aufregung im Dorf. Es war am ersten Weihnachtstag. Nach dem festlichen Gottesdienst besuchte man sich gegenseitig in den Häusern. Es wurden Geschenke und gute Wünsche ausgetauscht. Die Kinder hatten Weihnachtslieder eingeübt und sangen sie freudig den Alten vor. So war es in Sudkorv schon immer Tradition. Der Tag verging sehr schnell. Doch dann passierte es.

Was man sich nie hätte vorstellen können, geschah: Der griesgrämige Lars Svenson stürmte plötzlich in das Haus des Predigers.

„Wisst ihr, wo sich mein Ole befindet?", stieß er aufgeregt hervor.

Und dann erzählte er, dass der kleine Ole sich am Nachmittag seine Ski, die er zum Weihnachtsfest bekommen hatte, aus dem Schuppen geholt habe und damit draußen herumgelaufen sei. Nun war er plötzlich verschwunden, und niemand wusste, wo er war. Es musste ein Unglück passiert sein, denn inzwischen war es schon spät geworden. Ole würde niemals so lange freiwillig im Finstern bleiben.

Schon hörte man im Dorf Stimmen laut werden. Die Männer versammelten sich mit Jagdgewehren und Sturmlaternen an der alten Scheune, dem Mittelpunkt des Dorfes. Gemeinsam wollten sie nach Ole suchen. Lars Svenson hatte es zwar nicht verdient, dass man sich am Weihnachtsabend so für ihn einsetzte, aber für den kleinen Ole nahm sich jeder an diesem Abend Zeit.

Lars Svenson spürte das auch. Er sah Björns Vater ängstlich an, als wollte er sagen: „Bitte, helfen Sie mir doch, lassen Sie mich um Gottes Willen jetzt nicht im Stich!"

Schnell zogen sich auch der Prediger und sein Sohn Björn winterfest an und traten vor die Tür.

Beim Fortgehen bemerkte der Junge ganz flüchtig, dass Nellie nicht im Haus war. Wo mochte sie sich jetzt nur herumtreiben? Er würde sie nachher suchen, jetzt ging es erst einmal um Ole.

Draußen wurden sie schon von den Männern erwartet. Nun wurde alles schnell und genau besprochen, und die Suche konnte beginnen.

Die Zeit verging rasch. Die Männer waren mittlerweile über drei Stunden unterwegs und hatten immer noch keine Spur von dem vermissten Jungen entdeckt.

Ob er überhaupt noch am Leben war?

Ole konnte sich nur irgendwo im Freien befinden. Mit fünf Jahren ist man unvernünftig und kennt die Gefahren einer Winternacht nicht. Es würde wohl wieder Björns Vater die undankbare Aufgabe überlassen bleiben, mit Lars zu reden, wenn sie seinen erfrorenen Jungen gefunden hatten.

Bei diesem Gedanken lief es Björn eiskalt über den Rücken. Eine Hoffnung, dass man Ole lebend finden würde, gab es kaum noch. Immer langsamer bewegten sich die Männer voran, bis einer von ihnen den Satz aussprach, den wohl alle dachten: „Es hat ja keinen Zweck mehr!" Nun war es heraus.

Verzweifelt sah Lars Svenson die Männer der Reihe nach an.

Plötzlich – es war kaum zu glauben und Björn meinte für einen Augenblick einen Albtraum zu haben – hörten die Männer genau wie vor wenigen Monaten einen Hund heulen. Es klang unheimlich. Ein Totengesang?

Wie versteinert standen die Männer da und alle dachten an die alte Geschichte. Ob das nun die Strafe für Lars Svenson war?

„Nellie!" rief Björn laut in die eiskalte Nacht und rannte mit seinem Vater, der das Heulen auch sofort verstanden hatte, dem Hund entgegen.

Und dann sahen sie die gute alte Nellie. Sie lag im Schnee, ganz eng an den kleinen Ole geschmiegt. Ole hatte sich offensichtlich verlaufen und sich dann, müde geworden, einfach in den Schnee gelegt. Hätte Nellie ihn nicht gewärmt, wäre er erfroren. Die Hündin hatte die Rufe der Männer gehört und sie zu dem schlafenden Jungen gelockt.

Als Lars Svenson danach darum bat, Nellie wieder zu sich nehmen zu dürfen, war es Björn schwer ums Herz, aber er merkte auch, dass Nellie immer noch an ihrem alten Herrn und seinem kleinen Ole hing – trotz allem.

Lars Svenson schämte sich wegen seines Verhaltens und ging von Haus zu Haus, um sich bei den anderen Bewohnern von Sudkorv für alles zu entschuldigen, was er ihnen allen und vor allem der alten Nellie angetan hatte. Bei Björn und seinem Vater blieb er besonders lange. Er versprach hoch und heilig, sich vorbildlich um Nellie zu kümmern. Nichts sollte ihr an ihrem Lebensabend fehlen und Björn erhielt das Versprechen, dass er die alte treue Hündin zu jeder Zeit und sooft er wollte, besuchen durfte.

Die Treue dieses Hundes und die wunderbare Rettung seines Sohnes stimmten den griesgrämigen und unfreundlichen Lars Svenson um. So kam es, dass er an diesem Weihnachtstag nach Gott zu fragen begann, der auf alle seine Geschöpfe achtet. Ja, Gott kann selbst einem Lars Levi Svenson das Danken lehren.

Weihnachten in Falkenhöhe

Es ist auffallend warm geworden. Auf den Dächern schmilzt unaufhaltsam der Schnee. Auf einmal sieht der kleine Ort nicht mehr so öde und trostlos aus wie in den letzten Wochen. Die bunten Anoraks der Kinder und die farbenfrohen Autos, die sich langsam durch den Ort bewegen, heben sich heiter und angenehm vom kalten Weiß der tief verschneiten Landschaft ab.

Eine Kindergartengruppe kommt die Straße herauf. Die Kleinen haben sich an die Händchen gefasst und singen ein lustiges Lied von einem Hasen, der einem Schneemann die Nase gestohlen hat. Lächelnd bleiben die Alten stehen und genießen das schöne Bild.

Hastig stiefeln einige Urlauber mit ihren Langlaufskiern an ihnen vorüber. Sie haben keine Zeit. Sie wollen bei diesem Sonnenschein durch den Winterwald laufen. Übermütig plaudern sie miteinander. Ein Schneeball fliegt durch die Luft und verfehlt nur knapp sein Ziel. Alle lachen.

Ein lautes Pfeifen unterbricht das fröhliche Treiben. Man schaut auf die Uhr: Mittagspause. Schon kommen aus einem Werktor einige junge Arbeiter heraus. Sie setzen sich auf eine Holzbank, lehnen sich entspannt zurück, schließen die Augen und lassen sich die Sonnenstrahlen voll ins Gesicht scheinen.

Von Weitem hört man einen Bus heranfahren. Dieses Geräusch ist den Arbeitern bekannt, deshalb öffnet man nicht mehr die Augen. Dreimal am Tag fährt der Linienbus durch Falkenhöhe. Er ist für viele Urlauber das begehrteste Verkehrsmittel. Nicht viele haben den Mut und die entsprechende Ausrüstung an ihrem Auto, um in dieser schneereichen Gegend herumzufahren. So lässt man den eigenen Wagen gern daheim.

Stimmen werden laut. Wieder sind Urlauber angekommen. Sie stehen mit ihren riesigen Koffern und Reisetaschen an der Haltestelle und schauen sich hilflos um.

„Warum sie nur immer so viel Gepäck mitbringen? Hier ist doch keine Modenschau." Karl-Heinz öffnet nun doch die Augen und blinzelt zu den Urlaubern hinüber. Er arbeitet schon lange in diesem Betrieb. Er hatte als Schlosserlehrling angefangen und sich dann zum Ausbilder qualifiziert. Mit seinen achtundzwanzig Jahren hat er schon erstaunlich viel geschafft. Einige Urkunden zieren seine Junggesellenstube.

Peter, Azubi im ersten Lehrjahr, kommentiert mit einem kurzen: „Blöd!"

Nico dagegen, der kurz vor seinem Lehrabschluss steht, hat den größten Einfall: „Vielleicht machen sie ja so was!"

„Was?", will Peter wissen.

„Na, 'ne Modenschau. Wer weiß? Vielleicht Sommermoden, Bikinis und so …"

„Die Blonde da, bei der könnt ich's mir gut vorstellen." Peter scheint mit seinen sechzehn Jahren schon ganz schön erfahren, wenn es um Mädchen geht.

Karl-Heinz muss an die Zeit denken, als er sechzehn war. Damals hatte er seine erste Freundin und durfte sie nicht mit nach Hause bringen. Immer noch sieht er die entsetzten Gesichter der Eltern vor sich. Als wäre das was

Verbotenes gewesen. „Da haben es die jungen Leute heute viel einfacher, und das ist auch gut so", denkt er.

Er gibt sich wieder voll der Sonne hin und beginnt zu träumen. Nur ab und zu hört er einige Wortfetzen seiner Jungs: „... viel zu lang ... die bestimmt nicht, echt ... kommt her ..."

Plötzlich bekommt er einen Stoß in die Seite. Er öffnet erschrocken die Augen und will gerade seine Jungs zurechtweisen, als er vor sich das blonde Mädchen vom Bus stehen sieht.

Er ist völlig verwirrt und schämt sich dafür. Er, mit seinen achtundzwanzig und dann vor seinen Jungs ...

„Bitte, ich möchte zur Familie Kraus, Otto Kraus. Wie komme ich dahin?", fragt die junge Frau.

Immer noch sitzt Karl-Heinz vor ihr und starrt sie an. Er sieht in ihr Gesicht. Es ist schön, wunderschön. Irgendetwas aber liegt in ihren Augen, das ihn irritiert.

Gespannt schauen die Jungs auf ihren „Chef", der wie ein „Anfänger" vor einem Mädchen sitzt. Mensch, sie hätten die Sache schon längst gemeistert.

Wieder ist es Peter, der die Situation rettet. Er springt auf und reißt dabei Karl-Heinz mit hoch. Wie ein richtiger Protokollchef kommt er sich vor, als er übertrieben geschwollen erklärt: „Darf ich Ihnen Herrn Karl-Heinz Kraus, Sohn des Herrn Otto Kraus, vorstellen? Herr Kraus, darf ich ihnen dieses Fräulein ...?"

„Inge Morgner", pariert das Mädchen sofort.

Nun ist endlich der Knoten geplatzt. Alle lachen befreit los.

Sie hat ein auffallend schönes Lachen, so jedenfalls empfindet es Karl-Heinz. Er strahlt sie an und freut sich, auch wenn er nicht so recht weiß, warum. Doch, sie ist ihm sehr sympathisch. Am liebsten hätte er den neuen Urlaubsgast selbst zu sich nach Hause begleitet, aber er muss noch arbeiten. So kann er ihr nur den Weg erklären und sieht ihr nach, bis sie um die nächste Hausecke verschwunden ist.

Seine Jungs sind inzwischen schon wieder an ihren Arbeitsplätzen und grinsen ihn herausfordernd an, als er zu ihnen in die Werkstatt kommt. „Nun wird's wohl doch noch eine Modenschau?"

Karl-Heinz überhört die Bemerkung und ertappt sich während der nächsten Stunden immer wieder dabei, dass er an das Mädchen denkt. Was hatte sie gesagt, wie hieß sie? Inge Morgner. Inge – ein schöner Name. Bestimmt wird es ein interessantes Wochenende. Er wird ihr den Ort zeigen, das neue Dorfgemeinschaftshaus mit dem Café und dem Hallenbad, die Sprungschanze und das Gebäude, das einmal als Verwaltung für das neue Tiergehege ausgebaut werden soll. Und am Sonntag wird er sie in das Gemeindezentrum mitnehmen, wenn sie möchte, natürlich.

Die Arbeit geht ihm nicht mehr so recht von der Hand. Auch bei den Jungs ist schon Wochenendstimmung. Sie warten nur darauf, dass es zum Feierabend pfeift.

Als Karl-Heinz seine Eintragung beendet hat, sind die jungen Kollegen verschwunden. Er hört sie im Duschraum herumtoben und lachen.

Sie grinsen ihn an, als er dazukommt. Kurze Bemerkungen fliegen hin und her, mit denen Karl-Heinz nicht viel anzufangen weiß. Auch er duscht sich schnell und wünscht den Jungs ein schönes Wochenende und einen erholsamen Adventssonntag.

Am Werkstor hält ihn der Pförtner an: „Ist was, Karl-Heinz?" Er ist es nicht gewöhnt, dass der Ausbilder ohne seine Lehrlinge den Betrieb verlässt.

„Nein, es ist alles in Ordnung. Schönen Sonntag, Alfred." Schon ist Karl-Heinz verschwunden.

Inge Morgner stiefelt langsam auf dem festgetretenen Pfad durch den schönen Kurort. Die vielen kleinen Ferienhäuser sehen gepflegt und ordentlich aus. Und auch die Privathäuser sind in Ordnung. Die Einwohner von Falkenhöhe geben sich offensichtlich viel Mühe, den Urlaubern etwas Besonderes zu bieten.

Inge kommt an einem kleinen Kunstgewerbeladen vorbei und bleibt an dem schön dekorierten Schaufenster stehen. Alles ist auf das nahende Weihnachtsfest abgestimmt.

Weihnachten. Schon wieder ist ein Jahr vergangen. „Du musst mal nach Falkenhöhe fahren, da ist es sehr schön", hatten ihr Bekannte geraten. Zuerst wollte sie nicht. Es war ohnehin fast ausweglos, über Weihnachten irgendwo ein Zimmer zu bekommen. Aber dann dachte Inge an das letzte Weihnachten, als sie ganz allein in ihrer Wohnung gesessen und den ganzen Heiligabend geweint hatte. In diesem Jahr sollte es anders werden. Sie wollte sich amüsieren, tanzen gehen, etwas erleben, einfach mal alles andere vergessen. Und dann klappte es doch mit dem Urlaubsplatz. Für sie war dies ein Fingerzeig dafür, dass ihre Entscheidung richtig war.

„Vergessen Sie ja nicht, mir ein Souvenir mitzubringen", hatte ihr die Nachbarin Birkhuber noch nachgerufen, als sie vor Morgengrauen die Reise antrat.

Die gute alte Birkhuber, wenn sie nicht in den schweren Stunden da gewesen wäre ... Auch wenn sie einem mit ihren ewig frommen Sprüchen oft auf die Nerven geht, irgendwie kann sie einem schon imponieren. Frau Birkhuber versucht nach der Bibel zu leben und das schadet ja wohl niemandem. Es ist eben eine Frage der Intelligenz und der Erwartung an das Leben. So jedenfalls sieht es Inge. Sie erwartet noch viel vom Leben und da kann sie fromme Sprüche nicht gebrauchen. Wie lange hatte sie auf ihre Selbstständigkeit gewartet. Endlich mal tun und lassen können, was einem gerade einfällt und Spaß macht!

Eigentlich ist es bis jetzt auch so gelaufen, wie sie es sich vorgestellt hatte, zumindest fast: Ein gemietetes Zimmer, nach und nach hatte sie sich Möbel angeschafft, dann der Fachschulabschluss und entsprechende berufliche Qualifizierungen. Jetzt ist sie sechsundzwanzig und wird von den Kolleginnen im Betrieb geschätzt. Sie freut sich jeden Tag auf die Arbeit, auf die Gemeinschaft mit den anderen. Sie braucht dieses Zusammensein.

Ihrer Kollegin Kerstin macht das Singledasein nichts aus. Sie ist glücklich dabei und kann sich ihr Leben überhaupt nicht anders vorstellen. Immer wieder hebt sie hervor, wie schön es ist, dass ihr niemand in ihre Lebensgestaltung reinreden kann. Inge aber braucht Leute um sich herum. Die Einsamkeit macht sie krank. Nach Betriebsschluss gehen alle zu ihren Familien. Wenn sie heimkommt, ist es in ihrer Wohnung kalt und still, fast unheimlich still.

Inge streift sich mit der Hand über die Stirn, als will sie die Gedanken, die sie so oft wieder einholen, einfach wegwischen. Sie schaut sich um. Gerade fährt ein alter Mann auf einem Fahrrad waghalsig die Hauptstraße hinunter. Es muss wohl an der Mentalität der Leute hier liegen, dass sie sich so rüstig fühlen. Inge wartet, bis das gefährliche Gefährt um die nächste Ecke biegt und ihrem Blick entschwindet. Nun aber will sie sich beeilen. Sie ist gespannt auf ihre Gastgeber.

Bald steht sie vor einem schönen neuen Einfamilienhaus. Es kann erst in den letzten Jahren gebaut worden sein. Der Baustil fügt sich harmonisch in die schöne Umgebung ein. In schwungvollen Buchstaben steht auf einem kleinen Namensschild über dem verchromten Klingelknopf: Otto Krause. Der Eingang ist liebevoll weihnachtlich geschmückt.

Inge freut sich auf ihren Urlaub in diesem Haus. Hier gefällt es ihr. Sie drückt den Knopf und erschrickt kurz über den Türsummer, der ihr den Eingang in den Vorgarten freigibt. Die Haustür geht auf und Inge sieht zwei ältere Leute in der Öffnung stehen. Sie lächeln ihr freundlich zu.

„Kommen Sie nur herein, Sie sind doch sicher Fräulein Morgner. Fühlen Sie sich hier recht wohl, herzlich willkommen", sagt die Frau. Sie strahlt eine unwahrscheinliche Wärme und Freundlichkeit aus.

Inge bedankt sich. Die nette Begrüßung tut ihr gut.

„Kommen Sie nur, ich zeige Ihnen gleich Ihr Zimmer", meldet sich nun auch der Hausherr, ergreift ihren Koffer und geht ihr voran die Treppe hinauf in die obere Etage.

„Um vier trinken wir Kaffee. Ich darf Sie doch dazu einladen?", hört Inge ihn fragen, als er die Tür zu einem kleinen, gemütlich eingerichteten Zimmer öffnet.

Hier stehen zwar keine modernen Möbel, aber es strahlt

eine besondere Atmosphäre aus. Erinnerungen steigen in Inge auf. So etwa war es auch bei ihrer Großmutter gewesen, damals, als sie als kleines Mädchen in den Ferien öfter bei ihr bleiben durfte. Dort hatte sie die schönsten Stunden ihrer Kindheit verlebt. Großmutter war ihre beste Freundin. Mit ihr konnte sie ganz offen über ihre kleinen und großen Probleme sprechen. Als Großmutter dann gestorben war, wollte Inge nicht mehr in das Haus gehen.

Inge beginnt langsam und sorgfältig, ihre Tasche und den Koffer auszupacken. Dann legt sie sich lang auf das frisch bezogene Bett, um etwas auszuruhen, und ist bald fest eingeschlafen.

Inge hat wilde Träume. Sie sitzt in einem Autobus. Sicherheitsgurte drücken sie fest in den Sitz. Es beginnt eine rasante Fahrt durch unwegsames Gelände. Die Bäume und Sträucher am Straßenrand sind wie Wellen, die sich hin- und herbewegen; rasend ziehen sie an ihr vorbei. Sie kommt sich plötzlich vor wie in einer Achterbahn auf einem Rummelplatz. Es wird ihr schwindelig. Dann geht es bergab und der Bus überschlägt sich ununterbrochen. Sie will schreien, laut um Hilfe schreien, doch sie bringt keinen Laut hervor. Ihr Herz rast, sie hat schreckliche Angst. Plötzlich klopft es.

Wo ist sie? Ist sie noch am Leben, liegt sie in einem Krankenhaus?

Wieder klopft es. Nun merkt sie, dass es ein schlimmer Traum war, sie hat ihn schon oft geträumt.

Wenn es wirklich stimmt, dass in den Träumen das Unterbewusstsein offene Probleme weiterverarbeitet, was bedeutete das dann für sie? Sie hatte immer mal mit Kerstin oder der Birkhuber darüber reden wollen, aber sobald sie wieder richtig wach war, begann auch der Schrecken zu verblassen und sie verdrängte ihn einfach – bis sie von Neuem davon träumte.

Wieder hört sie ein leises Klopfen und springt von ihrem Bett hoch, um die Tür zu öffnen.

Vor ihr steht Karl-Heinz. Er lächelt sie an. „Ich soll Sie zum Kaffeetrinken holen."

Noch etwas benommen fährt sich Inge über die Haare, um sie zu richten. Wie muss sie nur aussehen?, schießt es ihr durch den Kopf „Ich komme gleich, ich muss mich nur noch etwas frisch machen."

Als Inge das Wohnzimmer betritt, bleibt sie überrascht stehen. Ihr Blick will all das Schöne in diesem Zimmer zur gleichen Zeit erfassen. Sie sieht herrliche antike Möbel und das ganze Zimmer ist vorweihnachtlich geschmückt. Dann fällt ihr Blick auf eine große, sich langsam drehende Pyramide. Sie ist aus Sperrholz gearbeitet und auf vier Etagen stehen kunstvoll geschnitzte Holzfiguren. Ist dies schön!

Die Weihnachtspyramide übt auf Inge einen richtigen Bann aus. Sie steht davor und staunt, während Karl-Heinz sie genau beobachtet. Nie hat sie etwas so Schönes gesehen. Auf der oberen Etage dreht sich ein kleiner Engelchor im Kreis. Darunter ist eine Kurrende aufgebaut. Die Sänger haben die gleichen Gesichter wie die Engel. Nur an den Gewändern kann man sie unterscheiden. Die leise Weihnachtsmusik, die aus den Boxen der Anlage klingt, scheint hier ihren Ursprung zu haben. Voller Hingabe singen die Engel und die Kurrende ihr Gloria. Auf der nächsten Etage dreht sich unentwegt ein Bergmannszug. In den schönen, für Inge etwas fremdartig wirkenden Trachten sieht er besonders feierlich aus.

Es ist eine Parade für einen besonderen Gast, denkt Inge und schaut automatisch auf die nächste Scheibe. Hier sieht sie eine aufgestellte Krippe. Die Heilige Familie, wie man sie auf den Postkarten und Weihnachtsfotos überall in dieser Zeit zu sehen bekommt, ist der Mittelpunkt des ganzen Geschehens, umrahmt von Hirten, einer Schafherde und den drei Königen mit ihren schmucken, kostbar beladenen Kamelen. Obwohl alles aus weißem Holz geschnitzt ist, strahlt es doch Leben aus.

Karl-Heinz ist hinter Inge getreten und schaut ihr interessiert zu. „Gefällt sie Ihnen?"

„Ja, sie ist großartig. Wer hat diese wunderbaren Figuren geschnitzt?" Inges Augen strahlen vor Begeisterung.

Bevor Karl-Heinz jedoch darauf antwortet, erzählt er von einem tragischen Unfall, der sich vor Jahren in Falkenhöhe am oberen Ortseingang ereignet hat. Ein junger Mann wurde in der Adventszeit mit seinem Motorrad von einem Auto angefahren und dabei so schwer verletzt, dass er seitdem querschnittsgelähmt ist. Anfangs kam er mit seinem Leben nicht mehr zurecht. Zweimal versuchte er, sich umzubringen, und nur der sorgsamen Obhut seiner Mutter war es zu verdanken, dass er noch da ist. Für ihn schien danach alles sinnlos zu sein. Leben, was bedeutete dies noch für ihn?

Eines Tages, es war inzwischen ein Jahr vergangen, erhielt er einen Brief. Ein Mädchen hatte ihm geschrieben – mit ihren Füßen! Sie schrieb von ihrer Krankheit, und dass sie gelähmt im Bett liegen würde. Sie könne lediglich die Füße gebrauchen und hätte sie nun durch viel Übung so trainiert, dass sie damit schreiben könne. Sie schrieb von vielen Tagen der Verzweiflung, aber auch davon, dass sie nun gut zurechtkäme. Sie habe inzwischen gelernt, dass das Leben mehr ist, als aufstehen und zu Bett gehen. Sie habe durch ihre Not angefangen, die Bibel zu lesen, und aus diesem Buch erhalte sie viel Kraft. Sie habe gelernt, ganz neu zu leben und würde jeden Tag so viel Gutes erfahren, was ihr Kraft und Zuversicht gibt.

Es entstand ein reger Briefwechsel zwischen den beiden. Sie machten sich gegenseitig Mut.

Bald begann der junge Mann, eine kleine Figur zu schnitzen. Lindenholz und Schnitzmesser hatte er noch aus seiner Schulzeit herumliegen. Damals hatte er einige Schnitzkurse besucht, dann aber keine Lust mehr darauf gehabt. Es sollte ein Schafhirte werden, ein Geschenk für seine Brieffreundin. Und so kam es, dass er immer mehr Menschen mit seinen geschnitzten Figuren Freude bereitete. Inzwischen ist er ein geschickter und gefragter Schnitzer.

„Wenn Sie möchten, mache ich Sie gern mit Thomas bekannt", bietet ihr Karl-Heinz an. „Er ist einer meiner besten Freunde."

„Nun kommt aber, der Kaffee wird kalt", meldet sich die Hausfrau.

Sie nehmen an einem liebevoll gedeckten Tisch Platz. In der Mitte der Tafel steht ein geschmackvoll zusammengestecktes Adventsgebinde, dessen Kerzen ein warmes Licht spenden.

Zu Inges Verwunderung wird ein kurzes Tischgebet gesprochen. Sie schaut dabei Karl-Heinz an. Ob er etwa auch Christ ist? Er sieht doch eigentlich ganz normal aus. Sie kann sich nicht vorstellen, dass er sich in eine alte verstaubte Kirche setzt und sich dort auch noch wohlfühlt.

Sie erinnert sich an ihren letzten Kirchgang. Wie lange war dieser schon her? Alle ihre Erinnerungen an Kirche sind negativ. Sie fror mächtig, kannte die Liturgie nicht und fühlte sich von den wenigen alten Damen, die verstreut in den Bänken saßen, unentwegt gemustert und beobachtet. Nein, sie konnte sich nicht vorstellen, dass junge Leute freiwillig zur Kirche gehen.

Später erfährt Inge, dass Karl-Heinz sich nicht nur in der Kirche aufhält und die Gottesdienste regelmäßig besucht, sondern dass er dort sogar selber aktiv ist. Seit einigen Jahren betreut er die Kindergruppe und hat viel Freude daran.

Inge versteht das nicht. Als Karl-Heinz ihr anbietet, das neue Gemeindezentrum kennenzulernen, sagt Inge mehr oder weniger aus Höflichkeit zu.

Am Abend liegt Inge noch lange wach. Karl-Heinz erinnert sie an Peter.

Ihre Gedanken wandern vier Jahre zurück. Damals, als Peter noch bei ihr wohnte, war sie glücklich. Sie liebten sich und verstanden sich sehr gut. Selbst mit ihrem Vater kam Peter gut aus, obwohl dieser ihm immer wieder vorhielt, dass ihr Zusammenleben eine „wilde Ehe" und „Sünde vor Gott" sei.

Ach, was interessierte sie das? Sie verstanden und liebten sich, alles andere war für sie nebensächlich und uninteressant. Peter verstand es, jeden Tag zu einem kleinen Fest zu machen. Es war eine wunderschöne Zeit. Jeder kleinste Anlass wurde gefeiert: wenn ein besonderer Brief ankam oder wenn sie mal früher Feierabend hatten. Manchmal war es richtig albern, aber es gefiel ihnen.

Inge muss bei diesen Erinnerungen lächeln. Es war schön, einfach rundum schön.

Übers Heiraten hatten sie kaum gesprochen, obwohl jeder sich keinen anderen Partner hatte vorstellen können. Nur einmal, sie waren bei einem Kollegen eingeladen und hatten viel getrunken, fing Peter damit an. Er schwärmte von einer Familie, mindestens zwei Kinder müssten es sein.

„Und warum heiratet ihr dann nicht?", wollte der Kollege wissen. „Inge und du, ihr passt doch prima zusammen."

Inge fühlte sich damals plötzlich herausgefordert und ärgerte sich – sie wusste zwar selbst nicht wieso, aber sie hatte das Gefühl, sie müsste sich verteidigen. Was fand sie dann nicht alles für Argumente gegen die Ehe: Heiraten versperre einem doch das ganze Leben. Zum Heiraten habe es doch immer noch Zeit. Es gehe doch auch ohne den Trauschein und außerdem könnten sie sich jetzt keine Kinder leisten, dann würde sie ja gleich an den Kochtopf gebunden sein. Nein, erst müsse Vieles bedacht werden. Es stünden doch auch noch große Anschaffungen ins Haus. Wer weiß, was die Zukunft noch alles bringen würde. Und kann man denn heute überhaupt mit gutem Gewissen in diese unsichere Welt mit all den Umweltproblemen Kinder setzen? „Es ist alles nicht so einfach", sagte sie abschließend.

„Ausreden, alles nur Ausreden!", rief Peter. Er wirkte verzweifelt, sprang sehr aufgeregt auf und starrte den ganzen restlichen Abend vor sich hin.

Ach, wie oft hatte sie das alles schon bereut! Heute ist es Inge unbegreiflich, wie sie damals eine solche Meinung haben konnte. Hatte das negative Vorbild der Eltern sie so geprägt?

Wie oft hatte sie den Streit der Eltern miterlebt. Sie führten eine „christliche" Ehe, vor dem Altar feierlich geschlossen, und dann ging Vater regelmäßig mit seinen Sorgen in die nächste Kneipe und kam kaum vor Mitternacht wieder zurück. Inge fühlte sich daheim nie wohl. Wenn Ehe so aussieht, dann wollte sie nicht heiraten und auch keine Kinder haben, die womöglich unter solchen Umständen erneut zu leiden hätten.

Und dann kam eines Tages der Bruch. Sie sah ihren Peter mit einem anderen Mädchen. Das tat wahnsinnig weh.

Schon Wochen vorher war ihr aufgefallen, dass Peter sich verändert hatte. Er blieb abends länger aus und unternahm auch Dienstfahrten übers Wochenende, was früher nie vorgekommen war. Auch das Feiern blieb langsam ganz aus.

Nachdem sie ihn mit dem anderen Mädchen gesehen hatte, kam es zur Aussprache, und Peter zog schließlich aus ihrer Wohnung aus. Er machte ihr deutlich, dass er eine Familie haben wolle und dass Anne, seine neue Freundin, bereit sei, ihn zu heiraten. Ein halbes Jahr später war die Hochzeit. Peter war gleich danach mit seiner Frau in eine andere Stadt gezogen und Inge hatte nie wieder etwas von ihm gehört. Seitdem aber lag eine tiefe Traurigkeit über ihrem Leben. Wie mochte es ihm wohl gehen?

Inge litt damals furchtbar unter dieser Trennung. Sie schloss sich in ihrer Wohnung ein, ging nicht mehr zur Arbeit und ließ sich kaum noch unter Menschen sehen. Damals fingen auch diese furchtbaren Träume an.

Ihr Chef hatte viel Verständnis und Geduld und gab ihr, ohne dass sie darum gebeten hatte, ihren Jahresurlaub.

Auch das Kollegenteam kümmerte sich um sie. Wie oft ließ Inge ihre Kolleginnen einfach vor der Tür stehen und sie kamen doch immer wieder zu ihr. Auch Frau Birkhuber ließ Inge keinen Augenblick allein und verstand es, sie wieder aufzurichten. Wie oft hatte Inge sie gekränkt und trotzdem ließ sie in ihrer Zuwendung nie nach.

Inge hatte danach versucht, das alles schnell zu vergessen. Jetzt aber, durch Karl-Heinz, holt sie die Vergangenheit wieder ein. Dennoch freut sie sich aber auf den nächsten Tag, an dem Karl-Heinz ihr seinen Ort zeigen will.

Inge erwacht am nächsten Morgen durch ein leises Flattergeräusch vor dem Fenster. Ein paar Meisen ringen emsig um die Vorrangstellung am Futterhaus. Es ist lustig, ihnen zuzusehen. Inge kann alles bequem von ihrem Bett aus beobachten. Es schneit auch heute unentwegt. Die Flocken tanzen federleicht hin und her.

„Nun aber raus, Inge!", hört sie sich selbst sagen. Kurz darauf zieht sie sich winterfest an und bereitet sich auf eine längere Wanderung vor.

„Schlafen Sie recht gut, morgen haben wir ein umfangreiches Programm!", hatte Karl-Heinz ihr gestern Abend noch nachgerufen.

Im Wohnzimmer steht schon das Frühstück bereit. Inge nimmt es hastig zu sich und sieht dabei, dass Karl-Heinz vor dem Fenster beim Schneeräumen ist. In der Nacht muss es tüchtig geschneit haben.

Stampfend und sich den Schnee vom Anorak klopfend, betritt der junge Mann kurz darauf den Hausflur. „Guten Morgen, Fräulein Inge, es wird heute ein wunderschöner Tag."

Ungläubig schaut Inge auf die kräftigen Schneeflocken.

„Haben Sie auch festes Schuhwerk an?", will Karl-Heinz wissen, bevor sie miteinander auf die Straße gehen.

Die Nachbarn schauen den beiden verdutzt nach. Der junge Mann lächelt bei dem Gedanken, dass man Inge vielleicht für seine Freundin halten wird. Der Gedanke ist ihm nicht unangenehm.

Es fällt Inge auf, dass Karl-Heinz von vielen Leuten gegrüßt wird. Aufmerksam hört sie ihm zu, als er ihr einiges aus der bewegten Ortschronik erzählt: „Da drüben, das kleine baufällige Haus, das ist das älteste Gebäude des Ortes, und hier kommen später eine neue Schule und ein Kindergarten hin."

Inge erfährt, dass der Ort vor bald 800 Jahren erstmals urkundlich erwähnt wurde und dass hier jetzt an die 800 Leute wohnen. Durch den Betrieb, in dem Karl-Heinz arbeitet, ist dieser Ort auch volkswirtschaftlich nicht unbedeutend.

Immer noch schneit es. Bei jedem Schritt knirscht es unter ihren Füßen. Es macht Spaß, so durch den Winter zu stapfen.

„So, da wären wir!" Karl-Heinz weist auf ein schmuckes Waldhaus hin. Zwei große Blautannen stehen davor und heben sich romantisch vom Dunkelbraun der Fassadenbretter ab. „Hier wohnt Thomas."

Thomas? Inge schaut ihren Begleiter erschrocken an. Das hatte sie ja ganz vergessen! Vor dieser Begegnung hat sie Angst. Wie soll sie, die Gesunde, sich einem Behinderten gegenüber verhalten? Sie weiß nie, was sie einem Kranken gegenüber Tröstendes sagen soll. Inge ist total verunsichert. Am liebsten würde sie Karl-Heinz an den Arm fassen und ihn hier wegziehen, doch der ist bereits ein Wegstück vorangegangen. Benommen folgt Inge ihm.

Nur jetzt nicht kneifen, jetzt ist es ohnehin zu spät. Ich werde einfach nichts sagen, nimmt sie sich vor.

Schon wird die alte, kunstvoll bemalte Haustür geöffnet. Sie knarrt ein wenig in den schmiedeeisernen Angeln. Ein lackschwarzer Zwergpudel zwängt sich durch den Türspalt und springt freudig schwanzwedelnd an Karl-Heinz in die Höhe.

„Ja, so begrüßt man einen alten Freund." Karl-Heinz beugt sich hinab und krault dem aufgeregt herumspringenden Hund das krause Fell.

„Kommt nur rein, ihr werdet schon erwartet." Eine freundliche Frau steht in der Tür.

„Das ist Ilse Bürgel, die Mutter meines besten Freundes", beeilt sich Karl-Heinz, die beiden Frauen miteinander bekannt zu machen.

Im Korridor legen sie ihre Anoraks ab. „Hier hab ich mein zweites Zuhause. Mann, was haben wir hier nicht alles gemeinsam auf den Kopf gestellt? Es war schlimm für mich, als Thomas sich eine eigene Wohnung in der Stadt gesucht hat und weggezogen ist. Nach dem Unfall kam er dann wieder zurück."

„Bist du's, Karl-Heinz?"

Inge erschrickt. Doch schon öffnet ihr Begleiter die Tür zum Wohnzimmer.

„Das ist Thomas", hört sie Karl-Heinz sagen, „und das ist Inge Morgner, unser neuer Feriengast."

In einem Elektrorollstuhl sitzt ein junger Mann. Inge schätzt ihn auf höchstens Mitte zwanzig. Etwas herausfordernd schaut er sie an. Ihr fallen sofort die leuchtenden dunklen Augen auf, die seinem Gesicht ein südländisches Gepräge geben. Er lächelt sie an.

„Willkommen, setzen sie sich doch bitte, Fräulein Inge, mein Freund hat mich gestern noch spät angerufen und mächtig von Ihnen geschwärmt." Inges Begleiter wird leicht verlegen.

Sie trinken Tee und Karl-Heinz beginnt sofort ein Gespräch mit Thomas.

Inge ist froh, dass die Männer angeregt miteinander diskutieren. Sie ist verunsichert und etwas durcheinander, glaubte sie doch, einen gebrochenen Menschen vorzufinden. Nun aber sieht sie vor sich einen lebensfrohen jungen Mann, der nicht unter seinem schweren Schicksal zu leiden scheint. Wie ist dies nur möglich?

Sie schaut sich im Zimmer um. Es ist alles stilvoll eingerichtet. Ein alter Sekretär mit Intarsienarbeiten fällt ihr auf. Daneben hängt an der Wand ein Spruch. Mit schwungvollen Buchstaben ist er auf ein Stück vergilbtes Pergament geschrieben. Inge versucht, ihn aus der Entfernung zu lesen: „Wir wissen aber, dass denen, die Gott lieben, alle Dinge zum Besten dienen (Römer 8,28)."

„Das ist mein Konfirmationsspruch", meint Thomas.

Er muss Inge beobachtet haben. Inge ärgert sich über ihre Unbeholfenheit.

Um ihr die Peinlichkeit zu nehmen, wechselt er das Thema: „Sie müssen einmal im Sommer nach Falkenhöhe kommen. Sie glauben nicht, wie schön es auch dann bei uns ist. Wir haben hier einen der schönsten Parks in der ganzen Umgebung. Ich bin dann fast jeden Tag draußen. Es ist dort herrlich still."

Auf dem Rückweg sind Inge und Karl-Heinz sehr schweigsam. Nur ab und zu reden sie über belanglose Dinge.

Inge ist froh darüber, dass der junge Mann an ihrer Seite sie jetzt in Ruhe nachdenken lässt und nicht nach ihren Gedanken fragt. Sie könnte sie auch überhaupt nicht formulieren. Es scheint ihr alles so unverständlich, so unwirklich.

In ihrer Hand hält sie eine in Seidenpapier gewickelte Figur. Thomas hat sie aus einer kleinen Schachtel genommen und sie ihr beim Verabschieden in die Hand gedrückt. „Möge er Sie segnen", hatte er dabei gesagt. „Und kommen Sie mal wieder, ich würde mich sehr freuen."

Es ist Nachmittag. Wieder sitzen sie gemeinsam am Kaffeetisch. Inge ist immer noch schweigsam.

In ihrem Zimmer hat sie die kleine Figur vorsichtig ausgepackt. Es ist eine Futterkrippe mit einem kleinen Säugling darin. Obwohl alles sehr klein gearbeitet ist, kann man die Gesichtszüge deutlich erkennen. Das Kind schläft. Ein großer Friede strömt von ihm aus.

Inge hat lange vor diesem Kunstwerk gesessen. Wie schön es war! „Möge er Sie segnen", hatte Thomas gesagt.

Inge hat die Figur mit ins Wohnzimmer genommen und sie ihren Gastgebern gezeigt. Nun steht die kleine Holzarbeit, vom flackernden Schein der Kerzen angeleuchtet, auf dem Kaffeetisch. Immer wieder schaut Inge auf das Christkind und ihre Gedanken wandern zurück zu Thomas.

„Wie ist es nur möglich, dass Thomas trotz seines Leidens so fröhlich sein kann?"

Herr Krause schaut Inge lange nachdenklich an. Er scheint durch sie hindurchzublicken, um die Frage einzufangen, die hinter diesem Satz verborgen steckt. „Sie meinen, wie ein Mensch, der so viel durchmachen musste wie Thomas, so fröhlich sein kann?"

Inge nickt.

„So einfach war es bei Thomas auch nicht. Es bedeutet zuweilen Kampf, einen großen Kampf sogar, bevor ein Mensch Jesus als seinen Herrn entdeckt – einen großen Kampf, bevor man begreift, was Jesus für uns persönlich bedeutet. Der Mensch rebelliert gegen das, was ihm an Schwerem in den Weg gestellt wird. Aber wenn Sie Thomas danach gefragt hätten, wäre seine Antwort ganz sicher die gewesen, dass er sein bisheriges Leben nicht tauschen wollen würde. Gerade durch das Leid, durch Verzweiflung und viele Tränen, hat er Jesus Christus gefunden und begriffen, was Jesus durch sein Leiden und Sterben am Kreuz für ihn und für uns getan hat."

Inge hört aufmerksam zu. „War aber Thomas nicht schon vorher Christ? Er ist doch konfirmiert worden?", will sie wissen.

Vater Kraus nickt einige Male mit dem Kopf. „Ja, wie so viele, die sich nichts dabei denken, ist auch er konfirmiert worden. Das besagt aber noch nicht viel. Das kann aus Tradition geschehen oder auf Drängen der Eltern hin, ohne dass es der Ausdruck einer persönlichen Entscheidung für Jesus Christus ist."

Inge spürt, dass genau dies auch auf sie zutrifft. Ihr Vater achtete darauf, dass sie in den Unterricht ging und auch konfirmiert wurde. Sie selbst hatte überhaupt nichts davon, wenn man einmal von dem Geld und den Geschenken absah. Die waren natürlich schon sehr wichtig. In ihrem Leben aber veränderte sich durch dieses Ereignis absolut nichts. Sie bezeichnete sich auch nie als Christin.

„Die Antwort auf Ihre Frage ist ...", unterbricht Vater Kraus ihre Gedanken, „... dass Thomas jetzt in einem neuen Verhältnis zu Jesus Christus steht. Er hat an sich selbst erlebt, dass Jesus nicht nur Geschichtsperson ist, sondern, dass er auch heute noch genauso lebt und unter uns wirkt wie damals. Durch ihn hat Thomas einen neuen Lebensinhalt, einen Sinn und ein Ziel bekommen. Sie sollten einmal mit ihm darüber reden. Viele Menschen erliegen der Versuchung, Gott für alles Leid und alle Tränen verantwortlich zu machen, auch für das schreckliche Leid, das Menschen einander antun."

Inge muss an ihre Schulfreundin denken, die immer gleich, wenn jemand Gott erwähnte, vom Krieg und Hunger sprach und von der Not in der Welt.

„Sehen Sie, Fräulein Inge, das Leid ist schon eine schlimme Sache, aber nicht Gott ist dafür verantwortlich, wenn Menschen verantwortungslos miteinander umgehen. Gerade einem Leidenden steht er zur Seite und gibt ihm die Kraft und den Trost, die nötig sind, um den Weg weiterzugehen."

Vater Kraus nimmt die kleine Krippe in die Hand, „Eben deshalb, um uns beizustehen, ist Jesus geboren worden und Mensch geworden, wie wir. Gott begann in ihm den Weg des Leides, aber auch des Sieges. Kommen Sie doch morgen mit in den Gottesdienst, vielleicht gefällt es Ihnen dort. Sie wollten sich doch ohnehin mal das Gemeindezentrum anschauen." Er bringt das so freundlich rüber, dass Inge einwilligt. Sie ist auf morgen gespannt.

Der Sonntag bringt eine andere Atmosphäre als sonst ins Haus. Inge hat gut geschlafen. Nun lauscht sie auf eine leise Weihnachtsmusik, die aus einem der anderen Zimmer zu ihr herüberklingt. Sie hat sich frisch gemacht und sitzt am Tisch, hat eine Karte an Frau Birkhuber adressiert und überlegt sich einen passenden Text dazu.

Inge möchte ihrer Nachbarin gern etwas Liebes schreiben, sie kann es nur nicht in Worte fassen, was sie jetzt, in dieser Morgenstunde, in ihrem Herzen empfindet. Eigentlich wollte sie wie jedes Jahr: „Ein frohes Fest wünscht Ihnen Ihre Inge" schreiben. Doch sie spürt die Flachheit dieses Satzes. Man müsste mehr, man müsste Wichtigeres schreiben!

Nachdenklich legt sie den Stift neben die Karte. Jetzt ist erst einmal Frühstückszeit. Sie wird die Karte später schreiben, nach dem Gottesdienstbesuch.

Wenig später ist auf der Straße wieder ein buntes Treiben. Es sind viele Leute unterwegs. Sie gehen in die Kirche. Ein paar Alte tragen ihre Gesangbücher demonstrativ in der Hand.

Inge fällt auf, dass hier wohl jeder jeden kennt. Krauses jedenfalls treffen viele Bekannte. Es wird hin- und hergegrüßt. Vereinzelt erkundigt man sich nach diesem und jenem.

Dann stehen sie vor einer kleinen Barockkirche. Daneben steht das einfache Pfarrhaus. Alles sieht gepflegt aus. Die Kirchentür steht weit offen. Ein Posaunenchor hat sich vor der Kirche aufgestellt und bläst Weihnachtslieder. Wärme strömt den Eintretenden entgegen. Inge fällt auf, dass das Kirchenschiff nicht übermäßig hoch ist.

„Vor fünf Jahren haben wir eine Zwischendecke eingezogen. Jetzt haben wir oben einen Gemeindesaal, einen Jugendraum mit modernen Klubmöbeln und einen Betreuungsraum für unsere Kleinsten", flüstert Karl-Heinz ihr ins Ohr. „Wir sehen uns das nachher einmal an."

Die Glocken tönen laut durch die bunten Fenster. Der Raum ist weihnachtlich geschmückt. Auf dem Altar steht ein großes Transparent, daneben ein Gebinde mit vier Altarkerzen. Die Flammen flattern unruhig hin und her. Inge fühlt sich hier wohl.

Als die Orgel mit dem Präludium einsetzt, erschrickt sie ein wenig. Inge denkt an ihren letzten Kirchenbesuch kurz nach ihrer Konfirmation. Nie wieder!, hatte sie sich danach gesagt. Und nun sitzt sie doch wieder in einer Kirche und hört den Worten des Pfarrers zu.

„Christus ist gerade für dich in diese Welt gekommen!", hat er gerade gesagt.

Der Satz setzt sich in Inge fest. Für mich? Was würde das dann aber bedeuten? Das hieße doch, dass er mein Leben wieder ganz in Ordnung bringen möchte. Geht das überhaupt? Kann er mir die Angst nehmen, kann er mein Versagen wieder in Ordnung bringen?

Wenn das wahr ist, dann war ihr bisheriges Leben falsch, in dem sie alles alleine zu meistern versuchte, nach ihren eigenen Plänen und Ideen, die doch meist sehr egoistisch waren. Dann hätte sie doch einiges anders machen müssen. Vielleicht lief deshalb auch manches in ihrem Leben so schief?

„Weihnachten kann das Fest deiner zweiten Geburt sein. Jesus Christus will deinem Leben seinen Frieden mit Gott und einen neuen Sinn geben."

Genau danach hatte sie sich immer gesehnt: innerer

Frieden, zur Ruhe kommen, einen Sinn in allem zu erkennen.

Wie kann das sein?, möchte sie am liebsten herausschreien und damit auch ihre ganze Unsicherheit, die sie seit dem Besuch bei Thomas empfindet. Wie kann das sein? Wie? Sag mir endlich, wie?

„Es kommt nur darauf an, dass du ihn, den Herrn, in deinem Leben sein lässt", hört sie die Antwort auf ihre Frage prompt von der Kanzel.

Will sie das überhaupt? Will sie wirklich ihre unerfreuliche Kindheit und alle die negativen Erfahrungen, die sie danach gemacht hat, loswerden?

Inges Gedanken kreisen wie wild im Kopf herum und finden keinen Platz, wo sie zur Ruhe kommen können.

Vielleicht waren diese Erfahrungen ja die Ursache für ihre wilden Albträume, weil sie mit alldem nicht alleine klar kam? Ja, was spräche eigentlich dagegen, die Bibel beim Wort zu nehmen und es einfach auszuprobieren?

Sie will es versuchen. Sie will das Kind in der Krippe beim Wort nehmen. Will sehen, ob es zu seinem Wort steht.

Inge fühlt bei diesem Gedanken eine große Freude in sich aufsteigen.

Wieder sitzt Inge am Tisch in ihrem Gastzimmer. Sie hält die Weihnachtskarte an Frau Birkhuber in der Hand. Immer noch ist sie tief bewegt von dem gerade Erlebten. Nie hätte sie gedacht, dass sie sich einmal für den Glauben an Gott interessieren würde, und nun hat sie sich für ein Leben mit Jesus entschieden. Ungläubig schüttelt sie ihren Kopf.

Zögernd legt sie die Karte auf den Tisch und schreibt mit großen, schwungvollen Buchstaben „Gesegnete Weihnachten!" Wie wird sich Frau Birkhuber wundern! Dann fügt sie in kleinerer Schrift hinzu: „Möge Jesus Ihnen seinen Frieden schenken, Ihre Inge."

Sicher wird Frau Birkhuber ihre Rückkehr kaum erwarten können. Oder sollte Inge sie einfach mal anrufen? Wie sollte Frau Birkhuber das auch alles verstehen? Sie versteht es ja selbst kaum. Eines aber weiß Inge ganz genau: Ihr Leben hat einen neuen Anfang genommen – und sie wird wiederkommen nach Falkenhöhe, dorthin, wo sie gute Freunde gefunden hat.

Die freien Tage über Weihnachten sind viel zu schnell vergangen. Der Alltag ist wieder eingekehrt. Doch es schneit noch. Karl-Heinz hat sich den Tag freigenommen, um Inge zum Bus zu bringen.

Als sie um die Straßenecke biegen, sehen sie die Azubis, die dort vor ihrem Betrieb ihre Frühstückspause machen und sich die Sonne ins Gesicht scheinen lassen. Für einen Moment ist es Karl-Heinz unangenehm, dass sie sehen, wie er mit Inge Hand in Hand dort erscheint. Auch für ihn ist das noch ganz neu. Der Bus ist noch nicht da. Es bleiben nur noch einige Minuten.

„Sie mal an, unser Chef!" Peter hat das breiteste Grinsen aufgelegt, als wollte er sagen. „Na, hat's bei dir auch endlich mal geschnackelt?"

„Hey, Jungs, ihr seid schon über der Zeit, seht mal zu, dass ihr an eure Arbeitsplätze kommt", entgegnet Karl-Heinz.

Sie erheben sich murrend. Nur Nico schaut auf die Uhr

und sieht, dass sie eigentlich noch fünf Minuten Pause haben. Aber er versteht gut, dass Karl-Heinz diese kostbare Zeit des Abschieds nicht unbedingt in ihrer Gegenwart erleben möchte.

Doch Karl-Heinz und Inge sind sich sicher: Sie sehen sich bald wieder.

Der verschnittene Weihnachtsbaum

Es war am Heiligen Abend, noch ganz früh. Auch die Kinder waren früh geweckt worden, denn es gab noch eine Menge Arbeiten bis zur Christmette zu erledigen. Die Familie saß am Frühstückstisch bei frischem Stollen und teilte die Arbeit untereinander ein.

Sepp, der Älteste, musste ins Nachbardorf laufen und die Festgans holen. Reiner übernahm das Schneeschaufeln, denn es hatte die ganze Nacht über stark geschneit, und Sven, der Jüngste, musste noch einiges an seinen Geschenken machen.

Plötzlich fiel der Mutter noch ein, dass der Tannenbaum ja auch noch aufgestellt werden musste. Fast hätten sie das Wichtigste vergessen! Das Schmücken übernahmen dann immer die Eltern, so war es Tradition, solange man denken konnte.

„Wenn ihr noch Zeit habt, Jungs, dann könnte jemand von euch den Baum um einen Quirl kürzen. Er ist in diesem Jahr etwas lang geraten. Bitte, es wäre lieb von euch, wenn ihr das auch noch machen würdet", fügte die Mutter an.

Danach ging jeder an seine Aufgaben. Sepp ging ins Nachbardorf, um die Gans zu holen, Reiner begann den Schnee zu schaufeln und Sven holte sich Pinsel und Farbe aus der Werkstatt. Er musste sich sputen, damit die Farbe für das Vogelhaus noch bis zum Abend trocknete.

Vater sah ihnen nach. Sie waren so beschäftigt, dass sie ganz sicher den Tannenbaum vergessen würden. Also ging er in die Werkstatt, holte sich die alte Bügelsäge und schnitt von dem wunderschön gewachsenen Weihnachts-baum das gewünschte Ende ab. Er stellte noch einmal den Baum auf den Boden und war zufrieden. Jetzt konnte der Vater sich den anderen Arbeiten widmen.

Sven hatte gerade das Dach des Vogelhauses angemalt und ging in die Werkstatt, um sich die Farbe für die Sei-tenwände zu holen. Was hatte die Mutter gesagt? Der Tan-nenbaum sollte gekürzt werden. Gesagt, getan. Also nahm er die Säge und schnitt vom Baum die gewünschte Länge ab. Er betrachtete seine Arbeit und war zufrieden. Fröhlich begann er sein Häuschen weiter zu bemalen.

Inzwischen war Rainer fertig und zurück auf dem Hof. Der Schnee war geräumt. Die Arbeit war anstrengend ge-wesen, aber eines wollte er noch schnell erledigen, damit es nicht doch noch vergessen wurde. Er holte die Säge aus der Werkstatt und kürzte den Baum um die gewünschte Länge. Zufrieden schaute er sein Werk an. Er fand den Baum zwar gar nicht so groß, wie Mutter ihn beschrieben hatte, aber egal. Sie wollte es so, dann hatte es gewiss auch seine Richtigkeit. Mutter konnte zufrieden sein. Es war nun ein schönes, kleines, gut gewachsenes Bäumchen. Sofort ging er auf den Boden, um den Baumständer herunter zu holen.

Inzwischen kam Sepp mit der Gans an. Er legte sie auf den Küchentisch und ging in die Werkstatt, um noch die letzte Arbeit zu erledigen. Mutter hatte darum gebeten, dass der Baum gekürzt wird. Während er ihn um die gewünschte Länge absägte, kramte Rainer den Ständer hervor und stellte ihn ins Wohnzimmer.

Wie sehr staunte die Mutter, als sie dann den Baum sah. Er war kaum noch einen Meter hoch und sah traurig und verkümmert aus.

Als dann der Rest der Familie dazu kam, gab es ein großes Gelächter. Jeder von ihnen hatte es gut gemeint und der Mutter den Wunsch erfüllen wollen.

Gemeinsam gingen die Jungs dann noch in den Wald und suchten einen neuen Baum aus. Draußen wurde es langsam dunkel. Sie mussten sich beeilen, damit sie noch rechtzeitig zur Christvesper kamen. Als sie dann am Abend vor dem im Kerzenlicht strahlenden Tannenbaum saßen, huschte ab und zu ein Schmunzeln über ihre Gesichter.

Ein Licht leuchtet in der Finsternis

Wer wissen will, wo sich die folgende Geschichte ereignet hat, muss sich selbst auf die Suche machen. Ich sage aber gleich: Es wird nicht einfach. Viele haben es vergeblich versucht, ich auch.

Vielleicht gibt es diese kleine Nordseeinsel inzwischen auch nicht mehr. Es soll ja vorkommen, dass das Meer sich nach seinen eigenen Gesetzen benimmt. Jedenfalls habe ich diese Geschichte von meinem Vater, und der hat sie von seinem Großvater; es ist also schon eine lange Zeit her. Die Jüngeren können sich nicht mehr daran erinnern, deswegen erzähle ich sie hier wieder:

Damals, als es noch nicht die großartigen Techniken von heute gab, lag unweit der Nordseeküste eine kleine Insel. Sie war nicht groß, gerade mal so groß, dass drei Gebäude darauf Platz hatten, auf Hügel gebaut und von einem schwachen Deich umgeben.

Eines dieser Häuser gehörte dem alten Fischer Erwin und seiner Frau, die Erna hieß. Das andere wurde viele Jahre von dem Leuchtturmwärter Siebo und seinem Sohn Sebastian bewohnt.

Auch auf so kleinen Inseln gibt es Freud und Leid. Sebastians Mutter war wenige Jahre nach dessen Geburt plötzlich verstorben.

Sebastian war im Kopf nicht ganz klar, stundenlang konnte er irgendwo in einer Ecke der schlecht zu beheizenden Stube sitzen und vor sich hinstieren. Dann wieder lief er Erwin oder Erna nach und wiederholte genau das, was sie sagten – selbst noch, als er schon das zwanzigste Lebensjahr hinter sich hatte.

Das dritte Gebäude war ein alter Leuchtturm aus hart gebrannten Klinkern gemauert, der seit Menschengedenken an dieser Stelle stand und treu und zuverlässig sei-

nen Dienst versah. Wie vielen Seeleuten dieser Leuchtturm das Leben gerettet und ihnen den gefährlichen Weg
durch das Meer gewiesen hatte, wusste niemand. Kein Ge-
schichtsschreiber hat es notiert. Es mussten aber viele sein,
denn hier gab es eine Menge Sandbänke, die den Schif-
fern tüchtig zu schaffen machten und nur umschifft werden konnten, wenn man das Leuchtfeuer des Turms sah.
Dennoch konnten die Alten von einigen schweren Schiffs-
unglücken erzählen, wenn dann das Treibgut an Land ge-
schwemmt wurde.

Der Leuchtturmwärter Siebo hatte die enorme Ver-
antwortung, das kleine, fast unscheinbare Licht der Pet-
roleumlampe im Spiegelkasten rechtzeitig anzuzünden,
sobald sich die Dunkelheit wie ein großes Tuch über die
kleine Insel legte. Es war schon fast ein feierliches Ritu-
al. Das kleine Licht wurde durch Reflexionen auf dem
glänzenden Metall enorm verstärkt und zurückgewor-
fen. Dann legte Siebo die restlichen Zündhölzer zurück
ins Schubfach einer Kommode, damit sie nicht durch die
Luftfeuchtigkeit nass wurden.

Sebastian begleitete seinen Vater auf diesen Gängen
und schaute ihm jedes Mal interessiert zu, als würde er
etwas davon verstehen. Wenn dann alles erleuchtet war,
klatschte er in die Hände und freute sich wie ein kleines
Kind. Jeden Tag wieder.

Siebo wurde von allen geachtet. Bei jedem Wetter versah
er seinen Dienst – bis zu jener Nacht, in der er plötzlich
nicht mehr zurück zu Sebastian kam. Erwin fand Siebo
am nächsten Morgen zusammengekauert auf dem Weg
zu seinem Haus. Er war schon kalt und steif. Man sagte,

dass es wohl das Herz war, das einfach nicht mehr schlagen wollte.

Tags darauf gab es auf der kleinen Insel große Aufregung. Mit dem Fischerkutter waren der Arzt und ein Herr von der Polizei herübergeschippert. Sebastian stand abseits und verstand überhaupt nichts von alledem. Immer wieder lief er hinter dem Arzt in seinem weißen Kittel her und wiederholte alles, was dieser dem Amtmann in seiner schmucken Uniform erklärte.

Schließlich nahmen sie Siebo, in eine graue Decke eingewickelt, mit dem Boot mit an Land. Der Junge blieb zurück und rannte den ganzen Tag aufgeregt an seinem Haus hin und her. Auch als Erwin und Erna versuchten, ihn in ihr Haus zu kriegen, ließ er sich nicht davon abhalten.

Die beiden Alten hatten keine Kinder und waren umso mehr besorgt um den großen hilflosen Jungen, der ja in einer ganz anderen, fremden Welt lebte. Wenn der Herrgott ihnen keine eigenen Kinder geschenkt hatte, vielleicht sollten sie sich jetzt um den Waisen kümmern?

Wieder waren sie ins Freie getreten und wussten sich keinen Rat.

„Sebastian, komm doch rein, du holst dir auch noch den Tod", versuchte Erwin ihn zu locken.

„Du holst dir auch noch den Tod", wiederholte Sebastian mit seiner kräftigen, angenehmen Stimme.

Was sollten sie nur machen?

Plötzlich kam ihnen Hasso entgegen. Der betagte Schäferhund, der im Grunde allen gehörte und überall willkommen war, schaute von einem zum anderen und stellte sich plötzlich neben Sebastian, als wollte er ihn beschützen. Unentwegt schaute der Hund Sebastian an.

„Komm schon rein!" Erna machte eine einladende Bewegung in Richtung des Jungen.

„Komm schon rein!", wiederholte Sebastian und schaute Hasso nach, der dies als Befehl verstand und hineintrottete.

Endlich ging auch Sebastian hinter dem Hund her in die Küche. Wieder setzte er sich in eine Ecke. Er zog seine Knie an sich und schlang die Arme darum – ein Zeichen, dass ihm kalt war.

Erwin warf noch einige Holzscheite in den Kohleherd. Für einen kurzen Moment wurde der Raum durch die lustig flackernden Flammen erhellt. Sebastian lächelte plötzlich.

„Was soll nur aus ihm werden?", fragte Erna sorgenvoll in den Raum und schaute dabei den Jungen an.

Der lächelte unschuldig zurück. „Was soll nur aus ihm werden?", wiederholte er.

Seitdem wohnte Sebastian bei Erwin und Erna. Sie gewannen ihn immer mehr lieb und konnten ihm nicht böse sein, wenn er in seiner geistigen Schwachheit Unsinn anstellte. Geduldig versuchten sie, ihm ein neues Heim zu bieten. Mit der Zeit wurde er wieder ruhiger und hörte bald ganz auf, nach seinem Vater zu suchen.

Jetzt war es Erwins Aufgabe, vorübergehend den Leuchtturm zu versorgen. Als er sich bei einem Landgang im Amt erkundigt hatte, war ihm versichert worden, dass rasch eine andere Lösung gefunden werden würde. Für ihn als Achtzigjährigen sei diese Aufgabe tatsächlich nicht zumutbar.

Am schwierigsten fand Erwin die Bedienung des Morsegeräts. Es war eines der wenigen technischen Geräte auf

91

der Insel und sie waren darauf angewiesen. Nur so konnten sie erfahren, ob Schiffe in ihrer Nähe waren oder ob sie sich auf einen Orkan einstellen mussten. Bei starkem Nebel betätigten sie das Nebelhorn, das dann gleichmäßig einen lauten, tiefen Warnton von sich gab.

Tatsächlich dauerte es nicht lange, und es kam ein amtliches Schreiben mit der Information, dass in Kürze mit den Umstellungsarbeiten auf Elektrizität begonnen werde. Dann würden alle Arbeiten von Land aus geregelt werden.

Erwin konnte sich das nicht vorstellen. Wie wollten sie den Strom hierher auf die Insel bekommen und wie sollte das dann mit dem Einschalten der Lampe über eine solch große Entfernung funktionieren?

Erwin wusste nicht viel über diese neumodischen technischen Dinge. Ihm waren die handfesten Sachen lieber. Deshalb schaute er nur halb interessiert zu, als eines Tages ein Schiff mit Baumaterialien an den kleinen Landesteg anlegte und entladen wurde. Wie lange war das wohl her, dass hier ein so großes Schiff festgemacht hatte?

Mit dem Schiff kamen auch Hein und Fiedje. Sie kannten sich mit den Geräten gut aus. Hein war Schlosser und musste den Metallturm aufsetzen und Fiedje war als Elektriker verantwortlich für die komplizierte Schalttechnik.

Sebastian stellte sich dicht neben Fiedje und schaute ihm bei der Arbeit zu.

„Na, willst du was von mir lernen?", wollte Fiedje von Sebastian wissen und hörte nur sein eigenes Echo: „Willst du was von mir lernen?"

Kopfschüttelnd sah er den jungen Mann an. „Hey, willst du mich etwa auf den Arm nehmen?", setzte er nach.

„Willst du mich auf den Arm nehmen?", kam es zurück.

Fiedje schaute Sebastian zornig an und merkte erst jetzt, dass mit dem Jungen an seiner Seite etwas nicht stimmte.

Sebastian strahlte ihn so treuherzig und freundlich an, dass Fiedje automatisch lächeln musste. „Was ist los mit dir?", wollte er wissen.

„Was ist los mit dir?", kam es von Sebastian zurück.

Fiedje fühlte sich unsicher, weil er keine Erfahrung mit geistig behinderten Menschen hatte. „So, dann wollen wir wieder mal was tun." Fiedje kümmerte sich wieder um seine Arbeit.

„Dann wollen wir wieder mal was tun", kam es von Sebastian zurück.

Wenig später hatte der alte, ehrwürdige Leuchtturm eine zusätzliche eiserne Spitze, zwei Meter über dem früheren Leuchtfeuer. Der Anblick war für die beiden alten Leute gewöhnungsbedürftig. Es kam ihnen auf einmal alles so merkwürdig anders und geheimnisvoll vor.

Sebastian war während des Aufbaus unruhig hin und her gelaufen und murmelte etwas Unverständliches vor sich hin. Auch er schien mit der neuen Technik seine Probleme zu haben.

Gespannt warteten die beiden Alten, bis es dämmerig wurde, um zu sehen, ob denn nun diese elektrische Birne auch wirklich anspringen würde. Erwin schaute immer öfter auf die Uhr. Plötzlich, genau um sechs Uhr, wurde es auf einmal an der Leuchtturmspitze hell. Ein weißes Lichtsignal streifte langsam und gleichmäßig über das Wasser. Es funktionierte tatsächlich.

Das Stromaggregat war angesprungen und gab ein kaum zu hörendes leises Brummen von sich. Nun brauchte Erwin nicht mehr ständig aufzupassen, dass auch genügend Petroleum in der Lampe war. Zufrieden schauten sie eine lange Zeit zu.

Auch Sebastian war zu ihnen getreten und klatschte in die Hände, wie er es immer getan hatte, wenn sein Vater früher den Docht angezündet hatte. Von nun an wartete der Junge jeden Abend auf diesen Moment, wenn das Licht anging, und freute sich.

Zunächst waren die Tage lang, und Sebastian musste manchmal sehr geduldig warten. Aber dann wurden die Tage kürzer, und immer öfter zogen auch dicke und dunkle Wolken über die kleine Insel und kündigten den nahenden Herbst an.

Wenn Fiedje kam, war Sebastian wie umgewandelt. Dann ließ er ihn keinen Schritt alleine gehen.

„Na, da bist du ja wieder", sprach Fiedje den Jungen an, als er aus dem kleinen Motorboot stieg und es festband.

Er erhielt auch prompt das Echo: „Na, da bist du ja wieder."

Die beiden lachten sich an und Sebastian begann schon wieder, vor Aufregung hin und her zu gehen.

Fiedje musste regelmäßig die Anlage warten und jetzt alles für den Winter vorbereiten. Er musste den Kompressor ölen und die Dieseltankfüllung überprüfen.

Erna und Erwin hatten den jungen Mann gebeten, vom Land noch einige Dinge für sie mitzubringen. Das meiste kauften sie auf Vorrat oder ließen es sich mit dem Postboot mitbringen, das einmal im Monat zu ihnen kam. Aber wenn dann der Winter kam und damit die schöne

Advents- und Weihnachtszeit, waren diese Vorräte oft bedenklich aufgebraucht. Für Erna war es die schönste Zeit des Jahres überhaupt und sie versuchte dann auch, jeden Tag zu einem Festtag zu machen. Andere Abwechslungen hatten sie in ihrer Einsamkeit ja auch nicht.

Erna kam also aufgeregt an die Anlegebrücke und nahm die Kartons und anderen Behältnisse in Empfang. Sie war froh, dass Erwin nicht dabei war, denn sie hatte sich in diesem Jahr, weil ja nun Sebastian zum Weihnachtsfest bei ihnen war, vorgenommen, die beiden Männer zu überraschen.

„Hast du ihn auch nicht vergessen? Du weißt schon, was ich meine", fragte sie sofort.

Fiedje lächelte. „Nein, hab ich nicht." Er reichte ihr ein großes, sperriges, in viel Packpapier eingewickeltes Paket vom Boot.

Sofort verschwand sie damit hinter dem Leuchtturm und Fiedje ahnte, dass sie es da jetzt sicher irgendwo verstecken würde. Damit Sebastian nicht hinter ihr herlief, lenkte er ihn ab. Er schaute den großen Jungen an und sah in seine Augen. „Ich bin Sebastian und ich wohne hier", sagte er in einem feierlichen Ton und war gespannt, ob der Junge nun auch diesen Satz so wiederholen würde.

Sebastian stockte für einen Moment, lächelte und wiederholte wie gewohnt. Für einen Moment war es, als wäre der Junge kerngesund, als würde er sich einem Fremden vorstellen.

Sofort begannen beide zu lachen und Fiedje versuchte, Sebastian in den Arm zu nehmen.

Erschrocken und mit einem entsetzten Gesichtsausdruck wich Sebastian zurück.

Ob er wohl dachte, dass ihm etwas passieren würde? Er schien diese freundschaftliche Umarmung nicht zu kennen.

Fiedje breitete seine Arme aus und hoffte vergeblich, dass der Junge zu ihm kam. Sebastian lächelte ihn nur an und rührte sich nicht.

Wenig später saßen sie zusammen am Mittagstisch und unterhielten sich. Erwin und Erna hatten Fiedje zum Essen eingeladen. Sebastian lachte die ganze Zeit leise vor sich hin, er schien sich über den Gast zu freuen.

Erwin schaute zu Erna und auch sie lächelte zurück. Es war ein gutes Gefühl, diesen unglücklichen Jungen lachen zu sehen. Vielleicht war er ja gar nicht so unglücklich?

„Das Wichtigste habe ich euch ja noch gar nicht erzählt", setzte Fiedje das Gespräch am Tisch fort.

Erna schaute auf.

„Ich werde Vater, und es wird ein Junge!" Der ganze Stolz und eine unbeschreibliche Freude strahlten aus seinen Augen. „Vielleicht wird es sogar ein Christkind. Es soll um Weihnachten herum geboren werden."

Dieses Glück war den beiden Alten nie gegönnt gewesen, umso mehr freuten sie sich für ihren Gast.

Von nun an war die junge Familie das Thema und Fiedje versprach, sobald wie möglich mit seiner Frau und dem Sohn zu ihnen auf die Insel zu kommen.

Nun musste er sich aber beeilen, damit er noch mit der auflaufenden Flut an Land kam. Er packte sein Werkzeug zusammen und wurde von den drei Inselbewohnern zum Boot begleitet.

„Ach ja, bald hätte ich was vergessen: Ich habe noch ein paar Geschenke für euch. Aber bitte erst am Heiligen Abend öffnen, versprochen?"

Er reichte ihnen eine Papiertasche rüber, und Erwin sah beim flüchtigen Hineinschauen drei in buntes Weihnachtspapier eingepackte und mit roten Schleifen versehene Päckchen. Ungläubig hielt er das Geschenk in den Händen. Er war es nicht gewohnt, Geschenke zu bekommen.

Ohne eine Antwort abzuwarten, stieß Fiedje sich von der Brücke ab und startete den leistungsstarken Motor. „Und gesegnete Weihnachten wünsche ich euch!"

Er winkte ihnen noch einmal zu und steuerte landeinwärts, eine schäumende Heckwelle hinter dem kleinen Boot nach sich ziehend.

Die drei standen da und schauten hinter ihm her. Sebastian trat ungeduldig von einem Bein auf das andere und zeigte damit, dass er aufgeregt war.

„Kommt, wir gehen ins Haus", sagte Erwin. In seiner Stimme lag unverkennbar eine gewisse Rührung.

„Kommt, wir gehen ins Haus", wiederholte Sebastian und ging hinter den beiden Alten her.

Nun war die schöne Adventszeit schon wieder zu Ende, aber dafür begann jetzt die Weihnachtszeit. Erna hatte grüne Efeuranken, die sie jedes Jahr vom alten Leuchtturm holte, auf die schmalen Fensterbretter gelegt. Am liebsten hätte sie ja Tannengrün genommen, aber Nadelbäume gingen auf der Insel meistens wegen der salzigen Luft ein. Dafür schmückten verschiedene bunte Kugeln und aus Sperrholz geschnittene bemalte Figuren farbenfroh die Fenster.

Wenn sie am Nachmittag zusammensaßen und es sich am warmen Ofen gemütlich machten, dann brannten auf dem Tisch die Kerzen am Adventskranz. Es fiel überhaupt nicht auf, dass seine Tannenzweige künstlich waren.

Erna hatte gleich am ersten Advent alle vier roten Kerzen angezündet. Sie fand es viel zu schade, dass es erst mit einer losgehen sollte. Dann nahm Erna die alte Familienbibel vom Regal und las Geschichten vor.

Selbst Sebastian, der nichts davon verstand, saß still und zufrieden da und hörte ihr zu. Nur ab und zu schaute er auf den kleinen Schrank, auf dem schon seit Wochen die Papiertüte stand. Er hatte mal hineingesehen und buntes Papier mit roten Schleifen entdeckt. Erna hatte mit dem Kopf geschüttelt und sie ihm wieder abgenommen, was er überhaupt nicht akzeptieren wollte.

„Morgen ist nun wieder Heiligabend. Erna, kannst du begreifen, wie schnell die Zeit vergeht?", fragte Erwin.

Erna antwortete nicht. Auch sie war mit ihren Gedanken beschäftigt. Sie wollte es unbedingt schaffen, morgen ihren Erwin wenigstens für eine Stunde vom Wohnzimmer fernzuhalten. Sie freute sich wie ein kleines Kind auf ihre Überraschung.

Draußen war es inzwischen wieder dunkel geworden. Sebastian war plötzlich aufgestanden und vor die Tür getreten. Zufrieden kam er wieder zurück.

Für Erwin war es ein Wunder, dass der Junge nicht vergaß, jeden Abend nach dem Leuchtfeuer zu sehen. Auch jetzt drehte sich der Lichtkegel gleichmäßig über die Insel und die dunkle See. Vielleicht war gerade jetzt irgendwo jemand da draußen, der das Licht sah und dadurch seinen Weg durch die raue See bestimmen konnte.

Niemand hatte geahnt, dass das Wetter in der Nacht so umschlagen würde. Bereits in aller Frühe des Heiligen Abends peitschten die Wellen gegen das Land. Sturm hatte eingesetzt und brachte Regen und leichten Schnee auf die Insel.

Erwin war zeitig aufgestanden und schaute besorgt auf die See. Der Sturm wurde immer stärker. Nur gut, dass sie ab Mittag abfließendes Wasser haben würden. Wenn der Sturm nicht allzu lange anhalten würde, könnte dann beim erneuten Einsetzen der Flut die größte Gefahr überstanden sein.

Die beiden Alten konnten sich nicht erinnern, jemals am Heiligen Abend ein solches Unwetter gehabt zu haben. Starke Stürme und auch Orkane kannten sie, damit hatten sie gelernt zu leben. Nun aber bahnte sich mehr an. Unheil verkündende dunkle Wolken rauschten über die Insel hinweg, als würde sie jemand mit einem großen Besen beiseitefegen.

„Soll ich jetzt erst mal den Baum reinholen?" Erwin hatte lange gezögert, dies zu fragen. Er hatte schon längst den in Packpapier eingewickelten Tannenbaum hinter dem Leuchtturm entdeckt, aber nichts gesagt, um seiner Erna nicht die Überraschung zu verderben – wusste er doch, dass sie sich immer am meisten freuen konnte, wenn ihr Überraschungen gelangen.

„Du weißt es also?" Auch sie hatte schon überlegt, ob sie nicht schon jetzt den Baum aufstellen sollten. Wer weiß, ob sie nachher noch nach draußen gehen konnten? Sie war sichtlich erleichtert, dass Erwin ihr die Entscheidung abgenommen hatte.

Erwin ging an das Morsegerät und schaltete es ein. Der Kasten gab pfeifende und piepsende Töne von sich, als er die Frequenzen suchte. Dann begann Erwin, die laut tickende Morsetaste zu drücken. Erna bewunderte ihn dafür, dass er das Morsealphabet so im Kopf hatte. Es machte ihm aber immer noch Mühe, sich mit den unterschiedlichen Morsezeichen zu melden.

Tatsächlich kam jetzt die Sturmwarnung durch. Gleichzeitig meldeten sich einige Schiffsfunker, die besorgt ihre Positionen durchgaben. Ebenso besorgt schaute Erwin auf die alte Seekarte, die direkt über ihm an der Wand hing. Es waren vor allem zwei Schiffe, die gefährlich nahe an die Insel herankamen. Sie waren auf der Rückfahrt von Tahiti und Südafrika in ihren Heimathafen nach Hamburg. Wie mochte es den Jungs auf den Schiffen wohl gehen, angesichts des Sturms? So kurz vor der Einfahrt in den Heimathafen, wo sie nach Monaten der Trennung von ihren Lieben erwartet wurden, um mit ihnen gemeinsam Weihnachten zu feiern.

Beunruhigt schaute Erwin nach draußen und sah, dass der Leuchtturm längst eingeschaltet war. Das klappte also prima. Sicher hatte Fiedje daran gedacht.

Es wurde immer finsterer und der Sturm schien noch eine Schaufel draufzulegen. Es pfiff und heulte um die Gebäudeecken. Beängstigend hörte es sich an.

Erna schaute immer öfter zu Erwin, der vor dem Fenster stand und die neue Spitze des Leuchtturmes beobachtete. Sie schaukelte im Wind immer stärker hin und her. Hoffentlich hielt sie diese Belastungsprobe aus.

Erwin ging etwas aufgewühlt vor die Tür. Der Wind pfiff immer stärker und Erwin musste sich am Türpfosten festhalten, um nicht umgeweht zu werden.

Dann plötzlich gab es ein großes Krachen. Eine Windbö hatte die Spitze der neuen Konstruktion mitsamt der neuen Beleuchtung vom alten Leuchtturm heruntergebrochen. Sie hing nur noch an einigen Kabeln und schaukelte unruhig hin und her, während der Sturm noch stärker zu toben schien.

Im selben Moment flog der Schutzschalter im Kontrollzentrum des kleinen Schifffahrtsamtes an der Küste nach unten und schaltete eine rote Alarmlampe ein. Auch hier hatte Walter, der diensthabende Techniker, mit großer Sorge aufs Meer hinausgeschaut. Es war zwar ablaufendes Wasser, aber der Sturm peitschte erbarmungslos übers Watt.

Sofort überflog er die Anlage. Havarie auf der Insel bedeutete in der Regel Alarmstufe eins. Bei diesem Wetter war es undenkbar, dass der Leuchtturm seine Aufgabe nicht erfüllte.

Die Kontrolllampen zeigten an, dass der Stromkreis zwischen dem Stromaggregat und der Lampe unterbrochen sein musste. Mit vor Aufregung zitternden Händen zog Walter das Morsegerät hervor und schaltete es ein. Er konnte nicht begreifen, dass man beim heutigen Stand der Technik keine andere Möglichkeit hatte, mit den Inselbewohnern in Kontakt zu treten.

Es pfiff und krachte im Sender. Dann begann er zu morsen. Immer wieder wartete er auf eine Antwort. Endlich kam die Rückmeldung, die den Ausfall des Leuchtfeuers bestätigte.

Wie gern hätte er es dem jungen Fiedje erspart, den Weg zur Insel bei diesem Wetter zu Fuß auf sich zu nehmen. Sie konnten aber nicht warten. Nun zählte jede Stunde.

Fiedje war ein erfahrener Wattläufer. Das war also kein

Problem für ihn. Er hatte schon häufig Gäste, zumeist Urlauber aus dem Süden des Landes, zielsicher durch die Priele geführt. Heute aber war Heiliger Abend, zudem erwartete seine Frau ihr erstes Kind. Wer wollte ihn denn jetzt rausschicken in diesen Schneesturm?

Walter versuchte angestrengt, eine andere Lösung zu finden, aber der Fischer Erwin berichtete, dass der ganze Funkturm aus der Verankerung gerissen sei. Er musste provisorisch wieder hergerichtet werden, und weil es sich um eine elektrische Anlage handelte, konnte der alte Mann es nicht einfach reparieren. Und außer Fiedje war niemand da, der diese Aufgabe übernehmen konnte.

Zögernd griff Walter also zum Telefon und verständigte seinen jungen Kollegen Fiedje.

Als Fiedje sich auf den Weg machte, schaute seine Frau ihm unruhig nach. Sie hatte kein gutes Gefühl, als sie ihm noch einmal zuwinkte. Die Nachbarin hatte zwar zugesagt, regelmäßig nach ihr zu sehen, falls die Wehen früher als geplant einsetzen würden, aber das war etwas anderes, als wenn der geliebte Mann dabei ist, der nun nur noch schemenhaft in der Ferne zu sehen war.

Auch Fiedje hatte sich noch einmal umgedreht und ihr zugewinkt. Eigentlich konnte nichts passieren. Er kannte den Weg gut; er kannte die einzelnen Priele und Markierungspunkte, an denen er sich auch sonst orientierte, wenn er mit Gruppen hier entlangging.

Er hatte auch genug Zeit. Erst in drei Stunden etwa würde das Wasser wieder zurückkommen. Bis dahin konnte er die Strecke zweimal gehen. Nur der Wind stand ihm stark entgegen, kalt und peitschend.

Seine Stirn brannte vor Kälte. Fiedje zog seinen Jackenkragen weit nach oben und band sich einen Wollschal vor den Mund. Die Kapuze verdeckte den Rest des Gesichtes.

Mit der Zeit nahm der Schnee zu. Er hatte noch etwa die Hälfte der Strecke vor sich. Mühsam stiefelte er durch den matschigen Schlick. Sein Werkzeug hatte er in einer Tasche über die Schulter gehängt und die Hände tief in die Jackentaschen vergraben. Es war kalt, bitterkalt.

Er musste jetzt immer weiter geradeaus in Richtung Norden gehen, dann würde er auf die kleine vorgelagerte Insel stoßen. Konnte es sein, dass der Sturm noch mehr zugenommen hatte? Immer mehr Schnee wehte dem jungen Mann ins Gesicht.

Erwin stand immer öfter vor der Tür und starrte ins Watt. Er wusste, dass Fiedje sich zu ihnen aufgemacht hatte. Weit und breit war aber nichts von ihm zu sehen. Wenn der Abend hereinbrach, würde die Orientierung im Watt fast unmöglich für ihn werden. Sebastian hatte sich neben ihn gestellt, als würde er etwas davon ahnen, was im Kopf des alten Mannes vor sich ging.

„Hoffentlich schafft er es", kam es leise über die Lippen des alten Fischers.

„Hoffentlich schafft er es", wiederholte auch Sebastian.

Vielleicht war Fiedje aber auch umgekehrt, dachte Erwin. Bei diesem Wetter war es ja schon fast unverantwortlich, durchs Watt zu gehen. Sicher war er bei diesem Wetter wieder zurück zur Küste gegangen.

Erna hatte inzwischen heimlich den Tannenbaum geschmückt. Auf dem Boden des Hauses lagen über viele Jahre in einem inzwischen grau gewordenen Karton einige Bündel Lametta und silberne Weihnachtsbaumkugeln. Sie hatten sie lange nicht angerührt. Jetzt aber wurden die Kartons vom Boden geholt, und Erna hängte den Schmuck sorgsam an die grünen Zweige. Keine von den schönen Kugeln sollte entzweigehen. Schließlich setzte sie noch zwölf Kerzen auf die Halter und verteilte auch sie gleichmäßig. Eine davon sollte ganz oben an die Spitze kommen. Weil der Baum nicht allzu groß war, konnte sie die Kerze auch gut dort befestigen. Zufrieden betrachtete sie ihr Werk.

Zuletzt legte sie die in buntes Weihnachtspapier gewickelten und mit einer roten Schleife versehenen Geschenke von Fiedje unter den Baum. Ja, jetzt war Weihnachten.

Sie freute sich auf die Gesichter der beiden Männer. Vor allem freute sie sich auf Sebastian, der noch nie in seinem Leben einen Weihnachtsbaum gesehen hatte. Sein Vater hatte nicht gewollt, dass nach dem Tod seiner Frau ein Weihnachtsbaum aufgestellt wurde. Er erinnerte ihn zu sehr an sie und die schönen gemeinsamen Zeiten.

Erna trat in den Flur und nahm die beiden Männer in Empfang. „Kommt rein, der Weihnachtsmann war da und hat euch was Schönes mitgebracht."

Erna fiel der ernste Blick ihres Mannes auf.

„Kommt rein", wiederholte Sebastian und blieb plötzlich wie erstarrt in der Tür stehen, als er den Tannenbaum mit den zwölf brennenden Lichtern sah. Er zeigte mit seiner rechten Hand dorthin, als wollte er fragen: Was ist denn das?

Nur langsam traute er sich näher heran und freute sich, als er bemerkte, dass er sein Gesicht in den silbernen Kugeln spiegeln konnte. Wieder trat er aufgeregt von einem Bein auf das andere.

Dann holte Erna die drei Geschenke von Fiedje unter dem Baum hervor und reichte das größte davon dem großen Jungen.

Der zog an der Schleife und riss das Papier ungeduldig auseinander. Eine Schachtel mit einer Mundharmonika kam zum Vorschein. Sebastian drehte sie in seinen großen Händen hin und her und wusste nichts damit anzufangen.

Für Erna hatte Fiedje ein feines seidenes Kopftuch ausgesucht. Es war so dünn, dass es in der Luft fast zu schweben schien. Erna war begeistert.

Der alte Fischer bekam eine kleine flache Holzschachtel. Als er sie öffnete, lagen darin fünf dicke Zigarren. Er schnupperte daran und lächelte anerkennend. Nun trat er zu Sebastian und zeigte ihm, dass man der Mundharmonika mit dem Mund verschiedene Töne entlocken konnte.

Überraschenderweise begriff Sebastian das sehr schnell. Immer wieder zog und blies er die Luft durch das winzige Instrument und freute sich wie ein König über das, was er sicher für Musik hielt.

Später trat Sebastian ans Fenster. Der Wind rüttelte an den Fensterläden und draußen war es inzwischen dunkel geworden. Erschrocken schaute der Junge nach draußen. Dann lief er, so wie er war, zum alten Leuchtturm.

Erwin versuchte, ihn aufzuhalten. Was tat der Junge da nur? Der holte sich doch den Tod. Er hatte nicht einmal eine Jacke übergezogen und keine Stiefel an den Füßen.

Sebastian war inzwischen schon an der Tür zum Turm, riss sie mit einem Ruck auf und war sofort im Inneren verschwunden.

Was machte er da nur? Er konnte doch nichts sehen! Überall hingen die Stromkabel herunter. Wenn sich wenigstens das Dieselaggregat abgeschaltet hätte, aber das brummte leise vor sich hin, als wäre nichts geschehen, und produzierte ununterbrochen Strom. Was, wenn Sebastian auf eine Leitung trat?

„Sebastian, mein Junge, komm da raus. Um Gottes Willen, komm da raus!" Vor Angst zitternd, stand der alte Fischer im Sturm. Was sollte er nur machen?

Plötzlich sah er im alten Leuchtturm ein Licht, anfangs sehr klein, das dann aber immer stärker wurde. Warum hatte er nur selbst nicht daran gedacht, das alte Leuchtfeuer wieder anzuzünden?

Es war unglaublich. Der Junge hatte beim Spielen auf seiner Mundharmonika durchs Fenster nach draußen gesehen und dabei bemerkt, dass das Feuer aus war. Dort, wo es sonst in einem breiten Lichtkegel hin und her schwang, war es stockdunkel. Irgendwie musste ihm die Zeit mit seinem Vater wieder eingefallen sein, als sie beide noch gemeinsam das Leuchtfeuer angezündet hatten.

Sebastian kam wieder aus dem Turm heraus und klatschte begeistert in die Hände.

„Junge, du bist ein richtiger Engel", sagte Erwin zu ihm. Er nahm Sebastian an die Hand und zog ihn ins Haus.

„Du bist ein richtiger Engel", wiederholte der Junge.

Erna zog besorgt eine Wolldecke hervor und legte sie wärmend um Sebastian, der zitternd und fröhlich lachend erneut den Tannenbaum anstarrte. „Du bist ja ganz nass, mein Junge, du musst dich umziehen", meinte Erna.

Seine Zähne klapperten aufeinander, als er auch diesen Satz wiederholte.

Erwin half dem Jungen, die nasse Kleidung vom Körper zu bekommen.

Wenig später hatte Sebastian wieder seine Mundharmonika in der Hand und sog und pustete die Luft durch das Instrument. Es klang für die beiden Alten wirklich schon wie Musik, wie richtige Weihnachtsmusik.

Im Watt war der Sturm noch stärker geworden und trieb die eiskalte Luft aus verschiedenen Richtungen aufs Festland. Fiedje konnte nichts mehr von der Markierung sehen. Eigentlich hätte er die Insel schon längst erreichen müssen. Wenn er nicht bald ans Ziel kam, würde die Flut ihn überraschen.

Er strengte sich an, die Richtung zu orten. Nein, der Wind kam nicht mehr nur aus Nordwest. Er hatte sich inzwischen einige Male gedreht.

Fiedje fühlte sich auf einmal verloren. Er dachte an seine Frau und das Ungeborene. Hoffentlich würde es seinen Vater noch kennenlernen. Er dachte an seine Eltern, die immer so stolz auf ihren einzigen Jungen waren. Er dachte an die Leute auf der Insel, die irgendwo ganz in der Nähe darauf warteten, dass er zu ihnen kam. In welche Richtung sollte er gehen? Er wusste es einfach nicht.

Er hatte nicht mehr viel Zeit, wahrscheinlich hatte er die Insel bereits verfehlt und lief geradewegs ins offene Meer, dann gab es keine Rettung mehr. Das aufkommende Wasser, die Flut, würde ihn an Land spülen. Es gab kein Entrinnen.

„Lieber Gott, hilf mir doch! Wenn du mir nicht hilfst, dann bin ich verloren!", rief er durch den Sturm zum Himmel.

Sollte er sich jetzt einfach niederlassen und auf seinen Tod warten? Er begann, wie ein kleines Kind zu weinen. Was machte es aus? Es tat gut, und hier draußen hörte ihn eh niemand. Tränen liefen ihm übers Gesicht und verschleierten seinen Blick. Sie vermischten sich mit dem Schmelzwasser der Schneeflocken.

Es umgab ihn nur Dunkelheit, kalte, erbarmungslose Dunkelheit. Der Wind riss an ihm, als wollte er ihn zu einem Totentanz auffordern. Fiedje spürte seinen Körper nicht mehr. Alles in ihm schien das Leben aufgeben zu wollen. Selbst seine Sinne begannen, unkontrolliert Bilder hervorzubeschwören. Er sah vor sich seine Frau mit einem Baby im Arm, er sah seine Eltern nebeneinanderstehen, und er sah ein Licht.

Ganz langsam wurde es heller, immer heller, bis es dann, nicht weit von ihm entfernt, durch den Sturm und den Schnee gleichmäßig weiter seinen Schein verbreitete.

Langsam rappelte Fiedje sich auf und ging diesem Licht entgegen, seinem Sterbelicht. Er hatte davon gehört, dass Engel manchmal Menschen mit einem Licht in den Himmel abholen. Ja, er wollte gehen, dem Licht nachfolgen.

Mühsam setzte er ein Bein vor das andere. Nun hatte er es gleich geschafft. Gleich war er in der Ewigkeit.

Zufrieden blickte Erwin auf den alten Leuchtturm. Ja, jetzt konnte er den Schiffen auf hoher stürmischer See wieder den Weg zeigen, den Weg zurück in ihren Hafen. Es drehte sich zwar nicht im Kreis wie das neue Leuchtfeuer, aber es gab einen hellen Schein von sich, und die alten erfahrenen Seefahrer würden sich an dieses Zeichen erinnern.

Erwin versank in Gedanken und fragte sich immer wieder, wieso nicht er, sondern Sebastian auf diese Idee vom alten Leuchtfeuer gekommen war.

In diesem Moment sah Erwin eine dunkle Gestalt auf den Leuchtturm zustolpern. Fast unheimlich schleppte sich da jemand heran – mit ausgestreckten Armen, als wollte er den Leuchtturm umarmen. Erwin traute seinen Augen nicht.

Er stürzte vor die Tür und fing Fiedje im letzten Moment auf, der kraftlos und nicht mehr bei Sinnen zu sein schien.

„Das Licht, siehst du das Licht?", murmelte er ständig vor sich hin. „Geh hin zum Licht!"

Langsam führte Erwin ihn durch den Sturm ins Haus und legte ihn auf das alte Sofa. Er zog ihm die durchnässten Sachen aus und deckte ihn mit einer dicken Daunensteppdecke zu. Erna bereitete einen heißen Grog zu und gab ihn Fiedje in seine zitterigen Hände.

Langsam schien Fiedje zu begreifen, wo er war. Er lächelte, trank den Grog aus und verfiel danach in einen festen, langen Schlaf.

Erwin ging an das Morsegerät und gab Fiedjes Ankommen an Land durch, damit sich Fiedjes Frau keine Sorgen machen musste.

Erleichtert notierte der diensthabende Techniker den Text und ging sofort ans Telefon, um der jungen Frau die freudige Nachricht zu bringen.

Als Fiedje am nächsten Morgen aufwachte, stand Sebastian in der Tür und trat aufgeregt von einem Bein auf das andere. Er klatschte in die Hände, als Fiedje ihn anlächelte.

„Na du? Frohe … Weihnachten", stammelte Fiedje hervor. Er war noch schwach und müde.

„Na du, Frohe Weihnachten!", antwortete Sebastian sofort, zog seine Mundharmonika aus der Tasche und begann die Luft rein- und rauszupusten.

Es klang schrecklich, aber es war die schönste Musik, die Fiedje jemals gehört hatte.

Auch Erwin und Erna kamen in den Raum und erzählten dem jungen Mann die Geschichte von gestern Abend, als Sebastian plötzlich aufgesprungen und ins Freie gelaufen war und das Leuchtfeuer angezündet hatte. Jeder spürte, dass Fiedje ihm sein Leben verdankte.

Fiedje versuchte aufzustehen. Er war noch schwach in den Knien, aber stark genug, um seine Arme weit einladend auszubreiten. Plötzlich breitete auch Sebastian seine Arme aus und ließ es zum ersten Mal zu, dass Fiedje ihn ganz dicht an sich heranzog.

Jakob

Als Grete die Ladentür zu ihrem Lebensmittelgeschäft abschloss, schaute sie besorgt die Straße hinunter. Es war heute eine merkwürdige Stille in der Stadt. Sie hatte am Nachmittag keinen Umsatz gemacht, nicht ein einziger Kunde war in ihren Laden gekommen.

Die Bewohner im ostpreußischen Lambingen hatten

sich in ihre Wohnungen zurückgezogen. Auch jetzt war niemand auf der Straße. Diese kleine unscheinbare Stadt mit vielleicht zwanzigtausend Einwohnern, ohne besondere volkswirtschaftliche Bedeutung für das Großreich, schien sich eingeigelt zu haben.

Weil die Stadt so unbedeutend war, konnte sie sich auch nicht damit rühmen, dass der geliebte Führer sich hier jemals irgendwann einmal aufgehalten hatte. Dabei hätte Grete ihn gern einmal aus der Nähe gesehen.

Sie war von ihm begeistert, von der Art, wie er die Volksmassen ansprach, wie er sie in seinen Bann zog. Wenn sie in der Tagespresse von ihm las, schlug ihr Herz höher. Ja, er war der gottgesandte Heilsbringer. Daran zweifelte Grete nicht im Geringsten.

Ihr Otto schüttelte manchmal besorgt den Kopf, wenn sie so von dem Führer sprach. Nicht, weil er gegen ihn war, aber ihm machte die Schwärmerei seiner Frau Angst. Es war irgendwie unheimlich. Sie ließ sich nicht beirren, egal, was die anderen dachten und erzählten.

In ihrem Geschäft wurde viel erzählt, auch viel Unsinn und Unwahres. Es gab ja immer Leute, die quer treiben mussten. Josef aus dem Nachbarhaus zum Beispiel war auch so einer. Grete mochte ihn nicht. Sie versuchte, möglichst selten mit ihm zusammenzutreffen. Allein schon sein Blick war merkwürdig.

Neulich meinte eine Kundin genau zu wissen, dass Josef wahrscheinlich ein Jude sei. Wenn Grete Josef nun zu Gesicht bekam, verglich sie ihn damit, wie der Führer die Juden beschrieb. Alles traf auf Josef zu. Dass er schon lange nichts mehr bei Grete einkaufte, kränkte sie nicht, im Gegenteil. Man sagte, ihn würde das Führerbild stören, das Grete gegenüber der Eingangstür an die Wand zwischen zwei Regale gehängt hatte.

Wenn sie den Laden aufschloss, grüßte der Führer sie nun direkt und sie empfand sofort, dass es ein guter Tag werden würde. Sie akzeptierte wie die meisten hier in Lambingen, was die Autoritäten sagten und taten.

Nur das weit entfernte Donnergrollen aus dem Osten gefiel ihr nicht. Die Grenze zu den Russen war nicht weit. Was sind schon vierzig Kilometer? Aber der Führer hatte ihnen Sicherheit zugesagt. Er würde Deutschland zum Endsieg führen. Wenn er erst zu gegebener Zeit seine Wunderwaffe einsetzte, würden alle Feinde vernichtet. Sie mussten sich nicht sorgen.

So war für Grete der Krieg fern und unwirklich. Man hörte davon im Radio und las die Artikel darüber in den Zeitungen. Ihnen ging es noch gut, besser als den anderen im Reich. Und der Sieg kostete nun einmal Opfer. Auch Opfer an Menschen. Die Todesanzeigen von gefallenen Soldaten erschreckten Grete nicht; sie hatten ja ihr Leben für Führer und Vaterland gegeben, waren einen Heldentod gestorben.

Schlimmer waren die Hetzkampagnen gegen den Führer. Wenn durchsickerte, dass der Feindsender, den zu hören bei Todesstrafe verboten war, Lügengeschichten vom Massenmord an den Juden und anderen Volksgruppen verbreitete. Niemals würde der Führer so etwas dulden, davon war Grete überzeugt.

Sie verstand auch die nicht, die plötzlich hier weg wollten. Darüber zu sprechen war verboten, doch manchmal hörte sie die Leute doch in ihrem Laden darüber diskutieren. Erst kürzlich hatte man Erich Kowalski abgeholt und ihm den Prozess gemacht. Auf diese Saboteure wartete die Todesstrafe. Der Staat musste hart durchgreifen, das war für Grete klar. Nur so konnte die Ruhe in dieser schwierigen Zeit bewahrt werden.

Otto war bereits zu Hause. Er hatte sich, müde von der Nachtschicht, hingelegt, konnte aber kein Auge zu machen. Warum tat er sich das alles überhaupt an? Er war bereits fast siebzig. Vor allem die vielen Transporte an die Front bereiteten ihm immer wieder trübe Gedanken.

Als Lokführer der Reichsbahn sah er unentwegt Militärzüge Richtung Osten fahren, endlose Züge mit Kriegsgut, aber auch mit Soldaten. Viele von ihnen waren so jung, dass sie noch nichts vom Leben mitbekommen hatten. Vielleicht war es gut so, dass sie beide ohne Kinder geblieben waren. Nein, er war nicht so euphorisch wie seine Grete.

Otto las das Schreiben, das am Morgen an alle Haushalte verteilt worden war und große Betroffenheit ausgelöst hatte. Alle Männer zwischen 16 und 65, die aus irgendwelchen Gründen bisher der Wehrmacht entgangen waren, wurden zum Volkssturm eingezogen. Sie mussten jeweils für drei bis vier Wochen Panzergräben und Schützenlöcher ausheben und die Ostwallbunker bauen, die als Schutz vor den Russen dienen sollten. Otto beneidete sie nicht.

Er hatte schon viel zu viel zu sehen bekommen, über das er niemals mit seiner Grete sprechen konnte. Sie würde es nicht glauben.

Wenige Wochen später gab es erneut ein großes Erschrecken in Lambingen. Es war Ende Juli 1944. Es ging das Gerücht um, dass die Rote Armee kurz vor dem Einmarsch sei. Was sollte nun werden? Warum griff der Führer nicht ein? Hatte er sie im Stich gelassen?

Wenig später zogen bereits die ersten Flüchtlinge durch die Stadt Richtung Westen, ängstliche Menschen, die ihre wenigen Habseligkeiten in Sicherheit bringen wollten. Immer mehr Menschen wurden es, überwiegend Frauen, Kinder und alte Leute. Sie trugen schwere Bündel auf ihren Rücken. Einige zogen Wagen hinter sich her oder hatten Handkarren beladen. Dazwischen rollten Fuhrgespanne, Pferde und Kühe zogen die Wagen.

Grete weigerte sich bis zuletzt, auch mit auf die Flucht zu gehen. Für sie war dies Verrat am Führer, an den sie immer noch uneingeschränkt glaubte.

Ilse dagegen war sich nicht schlüssig. Ihr Mann und die beiden Söhne waren an der Front. Sie hatte lange nichts von ihnen gehört und hoffte, wenigstens zum Weihnachtsfest Nachrichten zu erhalten. Es waren immerhin noch sechs Wochen bis zum Heiligen Abend. Die durchziehenden Flüchtlinge und das nahende Donnern der schweren Geschütze machten sie unsicher. Sollte sie sich einem Treck anschließen?

In ihrer immer wieder aufkommenden Unsicherheit ging sie wie so oft in letzter Zeit zu Grete, ihrer besten Freundin. „Gretchen, was machen wir nur?", wollte sie wissen.

Da sah sie, dass Grete und Otto kräftig am Packen waren. „Wollt ihr auch weg?" Sie schaute die Nachbarn fragend an.

„Ja, Ilse, wir gehen auch. Vielleicht hat der Führer uns ja vergessen?", versuchte Grete zu erklären. Es lag viel Enttäuschung in ihrer Stimme.

Ilse schwieg. Alleine wollte sie auch nicht bleiben. Sie waren doch immer zusammen gewesen. Warum hatte Grete es ihr nicht gesagt?

Draußen war das Granatfeuer immer lauter zu hören, es trieb sie zur Eile an. Man wusste, dass die Russen nicht zimperlich waren, wenn sie Deutscher habhaft werden konnten. Die von der Front zurückkehrenden Soldaten berichteten die schlimmsten Sachen, man mochte es kaum glauben.

Otto und Grete hatten sich einen kleinen Leiterwagen besorgt und bepackten ihn mit einigen Koffern und Kartons. Es ging alles so schnell, Grete hatte überhaupt keine Gelegenheit gehabt, es der Freundin zu sagen.

Es war inzwischen kalt geworden. Ostpreußische Winter waren bekannt für ihre unbarmherzige Härte. Wären sie nur schon früher losgezogen, als wenigstens noch tagsüber die Sonne schien. Nun konnten sie nicht mehr auf besseres Wetter warten.

Die Rote Armee war schon in die Nachbarstadt vorgedrungen und hatte alles, was sich dort noch aufhielt, niedergemetzelt und die Stadt in Brand gesetzt. Noch tagelang war in der Ferne der schwarze Rauch zu erkennen gewesen.

Mit einbrechender Dunkelheit sollte sich ihr Treck in Bewegung setzen. Ilse hatte sich mit angeschlossen.

Als sie aus ihrem Laden die restlichen Lebensmittel einpackten, konnte Grete gerade noch in allerletzter Minute das Bild des Führers von der Wand nehmen. Sie legte es ganz unten in einen leeren Karton und füllte ihn dann mit Verpflegungstüten. Otto bemerkte nichts davon.

Langsam und schwerfällig ging es los. Otto übernahm die Führung; es waren nur vier Familien, die sich zu einem Treck zusammengetan hatten. Gut, dass die anderen beiden Familien aus der Landwirtschaft kamen. Sie hatten sich ihre Pferdegespanne vollgeladen und gestatteten, dass Otto und Ilse ihre Wagen hinten mit an die Pferdewagen anhängen konnten. Es war ein seltsames Bild, aber es war praktisch. So konnte sich Otto mit an die Spitze setzen und zusammen mit dem Bauer Heinz den ersten Wagen lenken.

Sie hatten Mühe, nachts durch die Schneewehen die Straßenbegrenzung zu erkennen. Teilweise stiegen sie vom Wagen ab und liefen neben den Pferden her, um sie auf dem Weg zu halten.

Sie hatten in dieser Nacht einen weiten Weg geschafft. Die Pferde waren noch ausgeruht und auch sie hatten noch genügend Kraft, um noch eine Zeit ohne Schlaf auszukommen.

Als der neue Morgen hereinbrach, suchten sie sich eine Stelle zum Rasten unweit der Reichsstraße. Andere Wagen hatten sich dort bereits zu einer Wagenburg zusammengestellt. Ein kleines Feuer wärmte die Leute und bot die Möglichkeit, etwas Warmes zu kochen. Noch hatten sie genügend Proviant.

Die anderen waren von noch weiter her. Sie hatten bereits drei durchwanderte Nächte hinter sich. Ihre Dörfer lagen unmittelbar an der russischen Grenze. Sie wussten viel zu berichten. Die Frauen saßen zusammengekauert neben dem Feuer und starrten in die wärmenden Flammen, während die Männer zu erzählen begannen.

„Ganze Dörfer wurden von den russischen Soldaten platt gemacht, ohne Rücksicht darauf, ob sich darin noch Leute befanden. Es war grauenvoll." Der Alte, der dies berichtete, schüttelte entsetzt mit dem Kopf.

„Das sind doch keine Menschen, dass sind doch Tiere!", sagte er nach einer Pause weiter. Er war mit seinen Gedanken immer noch bei dem Erlebten.

Ein anderer, der auffallend still war und vielleicht noch um einige Jahre älter, holte aus seiner Joppentasche eine Flasche Schnaps und reichte sie herum. „Ich hab gesehen, wie alle Dorfbewohner zusammengetrieben wurden: Männer, Frauen und Kinder. Sie wurden in die Kirche getrieben. Dann wurden die Türen verschlossen und die alte Holzkirche an vier Ecken angezündet. Es kam niemand mehr raus. Sie verbrannten am lebendigen Leib."

Er schwieg einen Augenblick.

„Kommt, trinkt noch einen, solange wir Schnaps haben. Das lässt vergessen", fügte er dann nachdenklich hinzu. Er nahm einen langen Schluck und reichte die Flasche erneut herum.

Die Frauen hatten sich Decken umgehängt, um nicht allzu sehr zu frieren.

Bald waren die Pferde wieder angespannt, und der kleine Treck setzte sich erneut in Bewegung. Inzwischen hatte man die Wagenladung etwas umgepackt, sodass sie nur noch mit drei Pferdewagen weiterziehen mussten. Die Frauen gingen hinter den Wagen her, um sich wegen der Kälte zu bewegen. Wieder hatte es angefangen zu schneien. Gut, dass sie sich genügend Sachen übereinander an-

gezogen hatten. Nur ihre Gesichter schauten aus den ver-
mummten Körpern hervor.

Der Atem erfror sofort bei jedem Luftzug und legte sich
bei den Männern in die Bärte. Schon bald sahen sie aus
wie Großväterchen Frost.

Otto und Heinz hatten wieder die Treckführung über-
nommen. Sie stapften neben den Pferden durch den hohen Schnee. Oft mussten sie auf der Reichsstraße anhalten und einen Militärkonvoi durchlassen, der stets Vorrang
hatte. Immer mehr Kriegsgerät wurden an die Front gefahren und immer öfter kamen Krankentransporte von der
Front zurück.

Plötzlich wurden sie von einem Geländewagen über-
holt. Ein Offizier sprang aus dem Fahrzeug und stopp-
te den Treck. Zwei Soldaten mit Maschinengewehren im
Anschlag durchsuchten die Wagen. Niemand erfuhr, wo-
nach sie suchten. Als sie merkten, dass nur Frauen und alte
Männer vor ihnen standen, zogen sie sich wieder zurück.

„Ob sie wohl Deserteure suchen?", wollte Otto wissen. Heinz schwieg. „Es ist eine schlimme Zeit", fügte Otto hinzu. Ihm fiel gerade ein, dass auch er fahnenflüchtig
war. Immerhin hatte er als Lokführer eine kriegswichtige
Funktion auszuüben. Was, wenn sie ihn jetzt suchten?

„Tja, und wer hat uns das eingebrockt?", kam es von
Heinz zurück.

Otto fuhr erschrocken zusammen. Er ahnte, was Heinz
jetzt sagen wollte.

„Wenn die Kettenhunde einen erwischen, wird man
gleich an Ort und Stelle erschossen."

Otto spürte wieder einen Kälteschauer über seinen Rücken ziehen.

„Du kannst mir sagen, was du willst, dieser Hitler ist größenwahnsinnig. Legt sich mit Russland an!" Heinz schüttelte den Kopf. „Unsere Soldaten wissen überhaupt nicht, was da auf sie zukommt. Selbst unsere Geschütze streiken in der Kälte. Der Krieg ist verloren."

Heinz hatte das leise gesagt, schaute sich aber dennoch um, ob ihn noch jemand gehört haben könnte.

Otto schwieg. Politik war nicht sein Ding. Was er gesehen hatte, konnte zwar nur Heinz' Meinung unterstreichen, aber er hielt sich da raus.

„Und was der mit den Juden macht, ist ein Verbrechen, das wird ihm das Genick brechen. Hast du von den Lagern gehört, wo Juden massenweise vergast werden?" Heinz schaute wieder zu Otto rüber und wunderte sich, dass der von nichts etwas zu wissen schien.

„Das kann ich alles nicht glauben. Ich glaube, das ist alles nur Antipropaganda, oder wie das heißt. Solltest mal meine Grete hören, die würde dir da ganz was anderes erzählen", meinte Otto nun.

„Propaganda? Ist dir nicht aufgefallen, dass bisher niemand von den Juden wieder zurückgekommen ist? Massenweise hat man sie abgeholt, und nicht einer kam zurück. Komisch, oder?" Heinz erhielt keine Antwort. „Ich sag dir, der Hitler hat den Bogen überspannt", beendete er das Gespräch und hing wieder seinen Gedanken nach.

Vor ihnen in der Ferne sahen sie wieder ein Dorf. Vielleicht könnten sie dort ja übernachten?

Je näher sie an das Dorf herankamen, umso merkwürdiger wurde es ihnen. Es war kein Lebewesen zu sehen, und aus den Schornsteinen kam kein Rauch. Wie ausgestorben lag es vor ihnen.

„Wollen wir da wirklich hin?", wollte Otto wissen. „Irgendwie sieht es unheimlich aus, oder findest du nicht?"

Heinz schwieg. Dann meinte er: „Wir müssen aber eine Pause machen. Die Pferde halten es sonst nicht durch, und uns würde es auch gut tun. Du hast ja schon gehört, wie die Frauen am Jammern sind."

Tatsächlich war kein Mensch zu sehen. Als sie näher an die Häuser herankamen, sahen sie, dass hier jemand schrecklich gewütet haben musste. Die Türen waren zum Teil aus den Angeln gerissen oder hingen nur noch zertrümmert an der Seite, und die Fenster waren eingeschlagen. Wer mochte das getan haben?

Vorsichtig sahen sich die Männer um, während die Frauen wie ein kleines Häufchen Hühner zusammenstanden. Es war kein Laut zu vernehmen. Auch die anderen Flüchtlinge trauten sich nicht, etwas zu sagen.

„Otto, komm doch mal her!", forderte Heinz ihn auf, als die beiden Männer in ein auffallend herrschaftliches Haus getreten waren. Auch hier war alles zertrümmert. Von den Möbeln, die einmal sehr wertvoll gewesen waren, waren nur noch Bretter übrig.

Heinz gab Otto ein Zeichen, aus dem Fenster zu schauen. Sie blickten in einen Garten, in dessen Mitte es aussah, als hätte jemand dort eine Rübenmiete errichtet, um die Früchte vor der Kälte zu schützen. Es war aber keine Rübenmiete. Ein kleines Kreuz, aus zwei Brettern zusammengenagelt, war an einer Seite errichtet worden.

„Ist das so ein Massengrab?", wollte Otto zögernd wissen.

„Scheint so", gab Heinz leise zur Antwort. „Wir dürfen die Frauen hier nicht herlassen", flüsterte er.

Draußen standen die Frauen immer noch verängstigt beieinander. Selbst Grete, die sonst immer sehr burschikos war, bekam kein Wort heraus.

„Wir haben uns umgesehen. Wir sollten weiterfahren und doch lieber im Wald bleiben. Es könnte sein, dass wir hier nachts keine Ruhe haben", erklärte Heinz.

Das sahen die Frauen sofort ein und stapften wieder hinter den Wagen her aus dem Dorf heraus.

Erst jetzt fiel ihnen auf, dass das ganze Dorf von einem hohen Drahtzaun umgeben war. Nur direkt an der Reichsstraße hatte man den Zaun entfernt. So hatte sich Heinz immer ein Straflager vorgestellt, aber wozu sollte hier ein Straflager sein?

Sie zogen also weiter. Der Schnee machte ihnen wieder sehr zu schaffen, sodass sie nicht recht vorankamen.

Sie hatten vielleicht gerade mal fünf Kilometer zurückgelegt, als sie eine Waldschonung vor sich sahen. Daneben war ein Bauernhof. Nur mit Mühe konnten sie die Umrisse in der hereinbrechenden Dunkelheit erkennen.

Plötzlich sahen sie ein Licht. Jemand ging mit einer Laterne über den Hof. Es schienen also Leute dort zu wohnen.

Zögernd setzte sich der Treck in Richtung des Hofes in Bewegung. Ein Hund kam ihnen bellend entgegen, wurde aber sofort still, als er merkte, dass ihn niemand beachtete.

Ein sehr alt aussehendes Paar stand in der Haustür und starrte in die Dämmerung. Als die Fuhrwerke nahe genug heran waren, ging der Bauer auf Heinz und Otto zu und wechselte einige Sätze mit ihnen. Dann zeigte er ihnen Stellplätze für die Wagen.

Während die Männer die Pferde versorgten, nahm die Bäuerin die Frauen mit in ihre Küche. Dort war es gemütlich. Ein alter Holzherd strahlte Hitze aus.

„Ich mache euch erst einmal einen heißen Tee und dann sehen wir weiter." Die Alte watschelte zum Herd, nahm mit einem großen Haken einige Ringe von der Platte und stellte einen Eisentopf mit Wasser aufs Feuer.

Bald darauf dampfte heißer Tee in den Bechern und gab den Flüchtlingen wieder neue Energie zurück. Auch die Männer waren inzwischen fertig mit ihrer Arbeit.

„Wo kommt ihr denn her?", wollte der Bauer wissen und schaute die Flüchtlinge der Reihe nach an.

Nein, er kannte Lambingen nur vom Hörensagen. Selbst war er nie da gewesen.

Die Alte hatte inzwischen etwas von dem, was sie an Essbarem aus dem Garten und auf den Feldern gefunden hatte, aus der Speisekammer geholt und auf den Tisch gelegt. Gemeinsam wurde ein Steckrübeneintopf vorbereitet.

Für ganz kurze Zeit vergaßen sie, dass sie auf der Flucht waren. Die Zuwendung und Liebe der Alten tat ihnen unwahrscheinlich gut.

Jetzt hatten sie auch Muße, sich in der Küche umzusehen. Es war alles praktisch und einfach eingerichtet, aber urgemütlich. Gleich neben der Tür hingen zwei eingerahmte Fotos. Zwei hübsche Männer mittleren Alters schauten darauf in die Kamera, freundlich und lebenslustig. Eine schwarze Schleife war über die Rahmen gezogen. Auch die beiden Alten hatten also Opfer bringen müssen.

Die alte Bäuerin nahm Ottos längeren Blick auf die Bilder wahr und seufzte hörbar. Für einen kurzen Moment sah sie sehr ernst aus, aber nur für einen kurzen Moment. Wenig später lächelte sie die Flüchtlinge bereits wieder an.

Grete war inzwischen zu ihrem Wagen gegangen und hatte einige Tüten Nudeln, Reis und Zucker geholt, die sie nun auf den Küchentisch stellte. Es war schön, die strahlenden Augen der Alten zu sehen.

Heinz hatte das Gespräch am Tisch auf das Dorf gebracht. Plötzlich verstummten die beiden Alten und starrten wie abwesend auf die bunte Linoleumdecke vor sich auf dem Tisch.

Dann hob der Bauer den Kopf, schaute aber immer noch auf den Tisch und erzählte, dass es in der Nähe ein Judenlager gegeben hatte. Aus der ganzen Gegend wurden sie hier zusammengetrieben und wie Vieh behandelt. Ihm standen Tränen in den Augen, als er davon berichtete.

„Habt ihr mal in die Baracke gesehen?", wollte er mit stockender Stimme wissen. „Es war alles total überfüllt. Es stank entsetzlich. Wo sollten diese armen Menschen auch ihre Notdurft verrichten? Und Hunger hatten sie, entsetzlichen Hunger … und wir haben das gewusst!"

Der Alte hatte es kaum aussprechen können. „Wir haben es gewusst", wiederholte er.

Seine Frau legte ihre Hand auf seinen Arm, um ihn zu beruhigen.

Er erzählte weiter: „Eine junge Frau war dabei, die schwanger war. Sie wollte nicht, dass ihr Kind im Lager geboren wird. Es war eine hübsche Frau. Sie bettelte so lange, bis einer der Wachsoldaten ihr half, zu fliehen. Heute denke ich, dass er genau wusste, dass er für dieses Kind sein Leben opfern würde. Als er Wachdienst hatte, schaltete er den Strom am Drahtzaun nicht ein und legte ihr auch noch eine Metallschere an eine verabredete Stelle. Dann verwickelte er seinen Mitsoldaten in ein Gespräch, um ihn abzulenken. Tja, und sie konnte tatsächlich fliehen. Sie hat allen, die sie traf, davon erzählt. Er war für uns ein Held."

Wieder entstand eine längere Pause, und es war dem Alten anzusehen, dass er mächtig mit sich zu kämpfen hatte. „Aber die anderen Häftlinge wurden alle im Garten erschossen – auch der Soldat, er starb als Erster. Sie mussten sich der Reihe nach aufstellen und fielen um wie die Fliegen", beendete er den Bericht.

Die alte Frau begann zu weinen.

Grete und Else schauten sich an. Das konnte doch nicht sein. Für sie brach eine Welt zusammen. Sie hatten das alles nur für Propaganda gehalten. Mehr war es für sie nicht gewesen.

„Ihr könnt euch ja noch aufwärmen, wir müssen aber ins Bett. Alte Leute müssen mit der Kraft sparsam umgehen", lächelte der Alte schon wieder.

Nun nutzten die Flüchtlinge die Gelegenheit, sich wieder mal richtig zu waschen und machten es sich dann anschließend in der Scheune im Heu bequem. Die beiden Alten hatten genügend Decken, Kissen und Zudecken bereitgelegt.

Mit dem neuen Tag begannen neue Probleme. Es hatte in der Nacht so sehr geschneit, dass es fast unmöglich war, durch den Schnee den Weg zu finden.

Wenn sie wenigstens schon an der Reichsstraße wären, da war durch den vielen Verkehr die Schneedecke be-

stimmt schon festgefahren. Aber hier, abseits der Hauptstraße, war der Schnee locker und pulvrig.

Sie brauchten enorm viel Zeit, bis sie sich endlich in
den Strom der anderen Flüchtlinge einreihen konnten.

Die Weitsicht war ihnen versperrt. Immer noch schneite es ununterbrochen. Ab und zu fiel ein Wagen aus und
versperrte den nachfolgenden den Weg. Die Nerven der
Menschen lagen blank. Jeder hatte mit sich zu tun und mit
der Kälte, der Angst und dem Hunger.

Otto hatte sich zurückfallen lassen und schaute nach
seiner Frau. Wie ein Uhrwerk setzte Grete einen Fuß vor
den anderen. Sie hatte am Abend über Schmerzen im Hals
geklagt, hoffentlich bekam sie keine Erkältung. „Wirst du
es schaffen?", fragte er deshalb besorgt.

Sie nickte, aber das konnte Otto wegen ihrer Vermum-
mung kaum erkennen. Ihre Gedanken kreisten immer
noch um das, was die alten Bauersleute ihnen berichtet
hatten.

Sollte es doch wahr sein, was die Landser erzählten,
wenn sie von der Front zurückkamen? Sollte es wahr sein,
dass die Wehrmacht unschuldige Menschen zu Tausen-
den vergast? Irgendwie war für sie eine Welt zusammen-
gebrochen. Die beiden Alten hatten es so überzeugend erzählt, dass Grete ihnen nur vertrauen konnte. Aber das
hieße doch …? Wusste der Führer von alledem? Was,
wenn er es sogar angeordnet hatte?

Es war schön, Otto neben sich zu spüren. Er ging an der
Wagenseite und überprüfte die Taue der Plane. Bei dem
Schneesturm war es wichtig, dass alles fest gespannt war.

In diesem Moment sah Grete eine Gestalt im Graben
mitten im Schnee hocken, die sich sanft vor und zurückbe-

wegte. Was war das? An den Anblick der vielen Toten am Wegrand, erfroren oder verhungert, hatten sie sich inzwischen gewöhnt. Der Tod riss alle zu sich, egal wie alt sie waren. Bei dieser Frau aber war etwas anders. Sie hielt wiegend ein kleines Bündel im Arm.

Grete blieb stehen und starrte die junge Frau an. Im selben Moment fing das Kleine in ihren Armen an zu schreien. Für einen Moment hielt die junge Mutter in ihren Bewegungen inne. Doch dann begann sie weiterzuschaukeln und das Kind beruhigte sich sofort.

Es dauerte nur Sekunden, um dieses Bild zu erfassen. Grete begriff auf einmal, dass die junge Frau sich selbst aufgegeben hatte. Hier im Schnee sitzend, konnte sie nur noch erfrieren.

„Nein, das Kind muss leben!", rief sie plötzlich und stürmte auf die Frau zu. „Kommen Sie, fahren Sie mit uns."

Die junge Mutter schien in einer anderen Welt zu sein. Sie starrte immer nur vor sich hin.

Otto erschrak über den Gefühlsausbruch seiner Frau und hielt den nachfolgenden Wagen an. Von hinten waren erboste Stimmen zu hören, verärgert über den plötzlichen Stopp. Doch sofort waren andere Leute da, die mithalfen, die junge Frau mit ihrem Kind auf den Wagen zu heben. Grete setzte sich zu ihr und deckte sie mit einer Wolldecke zu.

Leise begann die Mutter, in einer fremden Sprache zu singen. Grete hörte ihr zu. Es war ein sehr melodisches Lied, fast schon ein Gebet. Das Kind auf ihrem Arm war eingeschlafen.

Nun hatte ihr Treck sich also um eine junge Frau mit ihrem Säugling erweitert.

Inzwischen war auch die junge Frau eingeschlafen. Vorsichtig nahm Grete ihr den Säugling aus dem Arm und deckte sie mit einer zusätzlichen Wolldecke zu.

Wann hatte sie wohl ihre letzte Mahlzeit gehabt? Sie hatte ein schönes Gesicht. Schade nur, dass sie kahl geschoren war, sicher aus Angst vor den Läusen. Wie mochte sie heißen, woher mochte sie wohl kommen? Sie schlief so fest, dass sie nicht einmal mitbekam, dass der Wagen anhielt und die Männer sich wieder um eine Lagerstatt für die Nacht kümmerten.

Grete machte den Kleinen so gut es ging sauber und legte ihm einen Ärmel aus Ottos Hemd als Ersatzwindel um. Den Rest riss sie in entsprechend große Stücke für später. Der Kleine lächelte sie andauernd mit seinen großen braunen Augen an. Wie alt mochte er sein, vielleicht erst drei oder vier Monate?

Nun aber bekam er Hunger. Sein Geschrei war in der Nacht weit zu hören. Auch seine Mutter wurde dadurch wach. Sie brauchte einige Zeit, um sich wieder zu erinnern. Unruhig und ängstlich schaute sie um sich.

„Der Kleine hat Hunger", erklärte ihr Grete und wartete darauf, dass die Mutter ihn an die Brust legte. Schmatzend nahm er die Muttermilch zu sich. Noch bevor er seine Mahlzeit beendet hatte, war er wieder eingeschlafen.

Grete betrachtete lange dieses eigenartige Bild. Wie die Madonna mit ihrem Jesuskind sah diese junge Frau aus. Sie hielt ihren Jungen schützend im Arm. Wie alt mochte sie wohl sein?

Grete reichte ihr eine Packung Zwieback hin, die sie in ihrer Vorratskiste versteckt hielt. Sofort griff die Frau danach.

„*Spassiba!* Danke!", sagte die junge Frau leise.

Grete meinte, sich verhört zu haben. „Woher kommt ihr zwei?", wollte sie nun wissen.

Die junge Frau schwieg und schaute sie mit ihren großen, traurigen Augen an. „Er muss leben!", flehte sie plötzlich Grete an. „Er ist doch unschuldig, er muss leben!" Ihr liefen Tränen über die Wangen.

Grete empfand zunächst Abneigung gegen diese Frau: Eine Russin ist sie! Dann aber siegten die mütterlichen Instinkte in ihr. „Wie heißt er?", wollte sie wissen und begann mit seinen winzig kleinen Fingern zu spielen.

„Jakob, genau wie sein Vater."

Jakob? Ist das nicht ein Judenname? Nun begriff Grete die ganze Tragweite ihrer Tat: Sie hatte eine jüdische Russin auf ihrem Wagen. Wenn man sie erwischen würde, wären sie alle dran, alle miteinander.

Sie spürte ihr Herz schneller schlagen und eine wahnsinnige Angst in sich hochkriechen. Sollte sie es Otto sagen? Musste er es wissen? Musste sie mit den anderen darüber sprechen? Vor ihrem geistigen Auge sah sie schon die plötzlich aufgetauchten Kettenhunde vor sich.

„Ich nenne dich Linda und deinen Sohn Conrad", erklärte sie der Russin kurz entschlossen. Diese verstand sofort.

Wieder hatten sie eine Nacht im Wald verbracht. Die Männer übernahmen reihum die Nachtwache. Hier gab es Wölfe, deshalb musste das kleine Lagerfeuer regelmäßig brennen. Der Lichtschein aber durfte nicht von der Straße aus gesehen werden.

Grete schreckte aus ihrem Schlaf auf. Sie glaubte, irgendein Geräusch gehört zu haben. Sie sah ihren Otto zusammengekauert am Feuer sitzen und nachdenklich in den Flammen herumstochern. Sie setzte sich zu ihm und zog sich wieder die Decke um ihren abgemagerten Körper.

„Kannst wohl nicht schlafen?", wollte er wissen. Er schaute ihr ins Gesicht. Wie alt sie in letzter Zeit geworden war, dachte er und nahm sie in den Arm: „Hoffentlich ist bald alles vorbei, Gretchen."

Sie nickte nur. „Du, Otto, ist dir was an Linda aufgefallen?", wollte sie auf einmal wissen.

Wie kam sie jetzt nur darauf? „Nein, nichts Besonderes, nur dass sie kein Wort sagt", gab er zur Antwort. „Warum fragst du?"

Grete kämpfte immer noch mit sich. Sollte sie Otto in ihr Geheimnis einweihen, musste sie es nicht eigentlich sogar tun? „Na ja, vielleicht kann sie unsere Sprache auch nicht gut genug?", sagte sie leise vor sich hin.

Otto schaute sie fragend an.

„Sie ist Russin. Sie ist eine russische Jüdin", flüsterte sie zögernd. Jetzt war es raus.

Ungläubig schaute Otto seine Frau an. „Sag, dass das nicht stimmt!", brach es aus ihm heraus. „Aber das bedeutet doch dann …" Er sprach diesen Satz nicht weiter.

„Ja, wir verstecken eine Jüdin mit ihrem Säugling. Was machen wir jetzt nur? Wir können sie doch nicht einfach wieder wegjagen!"

„Weißt du, Gretchen, unsere Feinde habe ich mir eigentlich immer ganz anders vorgestellt", versuchte Otto nach einer langen Pause zu scherzen, obwohl seine Gedanken ziemlich durcheinander waren. Wenn man sie wegschickte, dann bedeutete es den Tod für Mutter und

Kind. Wenn sie aber bei ihnen gefunden würden, wäre es das Ende für sie alle. Was sollten sie nur tun?

„Am besten tun wir so, als wüssten wir es nicht", schlug er vor. „Auf keinen Fall dürfen es die anderen erfahren."

An diesem Tag ging die Sonne am Horizont in ihren schönsten Farben auf. Die Flüchtlinge merkten dies erst, als sie mit ihrem kleinen Treck aus dem Wald herauskamen.

Es war die erste Nacht ohne Schneefall gewesen. Die klirrende Kälte steckte noch in ihrer Kleidung – was sich aber gleich ändern würde, wenn sie sich wieder auf den langen Fußmarsch machten.

Heinz und Otto führten erneut den Treck an. Wie lange waren sie nun schon unterwegs? Zwei Wochen oder waren es schon drei? Irgendwie war ihnen das Zeitempfinden abhanden gekommen. Irgendwann in dieser Zeit musste auch Weihnachten sein. Vielleicht konnten sie es ja am geheimnisvollen Stern von Bethlehem erkennen?

Grete dachte an die schönen Weihnachtsfeiern zu Hause, wenn sie den Tannenbaum geschmückt hatten und sich über den Gänsebraten hermachten. Otto wollte immer getrocknete Pflaumen und Äpfel in der Gans haben. Nach dem Essen wurden Weihnachtslieder gesungen und das Evangelium aus der Bibel vorgelesen. Jesus, das Brot des Lebens.

Bei diesen Erinnerungen spürte sie wieder ihren entsetzlichen Hunger. Manchmal konnte sie ihn verdrängen; dann meinte sie, sie hätte sich fast an diese körperliche Schwachheit gewöhnt, aber dann überkam sie doch wieder ein fast tierisches Verlangen nach etwas Essbarem. Wo bekamen sie nur etwas zu essen her?

Mit diesen Gedanken trottete Grete hinter dem ersten Wagen her. Dann erschien auch Linda an der Plane. Sie sprang während der Fahrt vom Wagen und schritt neben Grete her.

„Was macht Conrad?", wollte Grete wissen.

„Schläft", antwortete Linda.

„Sag mal, Linda, wie bist du hierher gekommen?" Es war Grete schleierhaft, wie diese junge Frau den Weg von Russland hierher zurückgelegt haben konnte, und dann noch in ihrem Zustand mit dem Kind.

„Lager", war die Antwort.

„Was, du bist aus einem Lager?", fragte Grete zurück und wagte nicht, die junge Russin anzusehen.

„Ja, Judenlager, ich gefliehen."

Sofort musste Grete an den Bericht des alten Bauern denken. Sollte sie die junge Frau sein, die durch den Zaun entkommen war?

„Und der Junge war auch im Lager?", fragte Grete zurück.

„Nein, geboren danach, bei Bauer", erklärte Linda zaghaft. „Junge soll leben!"

Sie schwiegen und setzten weiter einen Fuß vor den anderen.

„Bitte, du nicht sagen!", flehte die junge Frau.

Die Sonne stand inzwischen hoch am Himmel. Für einen kurzen Moment spürten die Flüchtenden ihre Wärme.

„Wir sollten eine Pause machen, jetzt, wo es so schön ist", schlug Heinz vor.

Otto griff fester an das Pferdehalfter und brachte seinen Braunen zum Stehen.

Bald hatten sie wieder ein Feuer entfacht und kochten sich einen heißen Tee. Gut, dass Grete den ganzen Zuckervorrat aus dem Laden eingepackt hatte. Es war sogar noch etwas Rum übrig, den die Männer sehr sparsam genossen. Grete hatte wieder die Blechbecher aus dem Wagen geholt und wartete darauf, dass Ilse ihnen den heißen Tee eingoss.

Mit einem großen Schreck vernahm Grete plötzlich, dass Linda wieder ihr „Spassiba" sagte, ohne sich etwas dabei zu denken. Dafür hatte es Ilse sehr deutlich gehört. Sie schaute erschrocken auf Linda. Dann suchte ihr Blick Grete. Nun war es also kein Geheimnis mehr.

Linda musste es in diesem Moment auch gemerkt haben. Sie nahm den Jungen in den Arm und ging mit der Tasse heißen Tee in der Hand langsam davon, als würde sie sich nur ein wenig die Füße vertreten wollen.

Grete spürte, dass es ein Abschied werden sollte. Sofort ging sie Linda nach und überredete sie, doch zu bleiben. Gemeinsam kamen sie kurze Zeit später zurück zu den Wagen, die inzwischen wieder zur Abfahrt bereitstanden, und taten, als hätten sie nur einen Spaziergang gemacht.

Wortlos gingen sie hinter den Wagen her. Linda trug den kleinen Conrad im Arm.

Grete versuchte mit Ilse zu sprechen, die aber wich ihr ständig aus.

So schön das Wetter jetzt war, so deutlich konnten die Flüchtlinge aber auch das Chaos auf den Straßen erkennen. Überall in den Gräben lagen leblose Körper. Es hatte kaum jemand Zeit, die Toten notdürftig zu begraben. Ab und zu war auch ein Wagen mit gebrochenen Rädern oder

Achsen in den Graben geschoben worden. Alles, was noch brauchbar war, hatten die Flüchtenden mitgenommen.

Merkwürdigerweise waren kaum tote Pferde dabei. Grete ahnte, dass Pferdefleisch viel zu schade war, um hier liegen gelassen zu werden. Nur Reste davon, ausgeschlachtete Körper, lagen herum und ließen erkennen, dass Menschen hier versucht hatten, ihren Hunger zu stillen. Nur die stärksten Pferde hielten durch und zogen langsam und gleichmäßig die Wagen weiter voran.

Die Flüchtlinge hatten sich an dieses Elend gewöhnt. Sie sahen die vielen Toten und sie sahen sie dennoch nicht.

Seit einigen Tagen kam noch hinzu, dass Flugzeuge tief über sie hinweg flogen und sie mit ihren Bordwaffen beschossen. Urplötzlich mussten sie in die Gräben springen. Nicht selten stoben dann die erschreckten und verwundeten Pferde mitsamt den Wagen davon.

Jetzt aber hatten sie einige Stunden Ruhe und kamen dadurch ein erhebliches Stück voran in Richtung Westen. Wie ein langer Bandwurm zog sich die endlose Treckkette über die Reichsstraße. Vor ihnen, etwas abseits von der Hauptstraße, lag wieder ein Dorf.

Heinz und Otto beschlossen, mit ihren Wagen dorthin zu fahren. Es sah friedlich aus und sie freuten sich auf das Ausruhen.

Das Dorf war leer. Die Bewohner waren wie sie auf der Flucht. Die Suche nach etwas Brauchbarem war ergebnislos. Außer einigen Brettern, die sie für ihr Lagerfeuer gebrauchen konnten, und einem halben Sack Kartoffeln fanden sie nichts.

Die Männer suchten einen Bauernhof aus, der im Innenhof genug Platz für ihre Pferdegespanne hatte, und versorgten die Tiere, während die Frauen auf dem noch halbwegs funktionierenden Herd ein Feuer für den Tee und eine einfache Kartoffelsuppe bereiteten. Wenigstens hatten sie ein Dach über dem Kopf und im Stall war auch noch genügend Heu für die Tiere.

Nach dem Essen holten die Männer Stroh aus der Scheune und richteten ein Nachtlager in der Kammer gleich neben der Küche ein. Hier konnten sich die Frauen ausruhen, während die Männer sich zum Schlafen eine Ecke in der Scheune suchten. Bald kehrte Ruhe ein.

Es mochte gerade kurz nach Mitternacht sein, als plötzlich das schwere Hoftor, das die Männer provisorisch verschlossen hatten, aufgebrochen wurde. Im Nu waren die Bewohner hellwach.

Die Männer sprangen sofort auf und rannten in den Hof. Hier blickten sie direkt in drei Gewehrmündungen, die auf sie gerichtet waren. Sofort hoben sie ihre Hände. Verwirrt versuchten sie, die ganze Situation zu begreifen.

Ein SS-Offizier zog sich die Lederhandschuhe aus und schlug damit auf seine eigene Hand. „Na, wen haben wir denn da?", fragte er argwöhnisch.

Nun hörten die Männer auch die Frauen vor Angst im Haus schreien.

Plötzlich flog die Küchentür auf und Linda kam mit einem kleinen Bündel im Arm auf den Hof gerannt.

„Nein, nicht schießen!", schrie sie ständig und rannte auf einen Soldaten zu, der in diesem Moment die Nerven verlor und den Abzug an seinem Gewehr betätigte. Die Detonation der Waffe hallte in dem kleinen Hof wider.

Linda brach zusammen. Das Bündel, das sie im Arm trug, entpuppte sich als ein zusammengerollter Mantel.

Selbst der Offizier war durch diese Aktion irritiert und pfiff seine Leute zusammen.

„Ihr seid Kollaborateure!", schrie er über den Hof. Er suchte offensichtlich einen Grund für den Mord an Linda.

„Los, alles durchsuchen!" befahl er und wies auf die Pferdewagen.

Sofort machten sich die Soldaten über Gretes Vorräte her. Mehltüten wurden aus dem Wagen geworfen. Kostbarer Zucker flog über den Hof. Die letzte Flasche Rum wurde herumgereicht.

„Na, da haben wir es doch. Ihr habt gehamstert und vielleicht sogar einen Laden ausgeraubt."

Plötzlich kam einer der Soldaten mit dem Hitlerbild aus dem Wagen und hielt es dem Offizier entgegen. „Das haben wir in einem Lebensmittelkarton versteckt gefunden", erklärte er.

Der Offizier schluckte einige Male und wusste offensichtlich nicht gleich, was er sagen sollte.

„Nun gut, scheinen ja doch keine Verräter zu sein. Leute, wir ziehen ab. Aufsitzen!", schrie er über den Hof. „Und Frohe Weihnachten!", setzte er nach. Er lachte teuflisch.

Dann war auf einmal der ganze Spuk vorbei.

Die Frauen fingen sofort an, laut zu weinen. Grete stürmte in Lindas Schlafkammer und entdeckte dort den kleinen Conrad. Sie nahm ihn in den Arm und begann ihn zu wiegen, so wie es seine Mutter immer zuvor getan hatte. Der Kleine schlief wieder in ihren Armen ein, als wäre nichts geschehen.

„Ja, du musst leben, mein Junge!", sagte Grete bestimmt.

Otto war zu ihr getreten und schaute auch auf Jakobs kleines Gesicht, auf seine kleinen Finger und den Mund, der sich im Schlaf bewegte, als wollte er schon etwas sagen. Sie waren sich einig, dass sie diesen Jungen nicht mehr abgeben würden. Sie würden alles tun, um ihn durchzubringen.

Während einige Männer für Linda ein Grab in der Scheune aushoben – draußen war der Boden zu sehr gefroren – versuchten die anderen, die Wagen wieder in Ordnung zu bringen. Von den Lebensmitteln war so gut wie nichts mehr übrig geblieben.

Dann setzte sich der Treck erneut in Bewegung. Bald schon würden sie die Oder erreichen. Dann würden sie sich sicher fühlen.

„Ob heute wirklich Weihnachten ist?", wollte Ilse plötzlich wissen. Nichts deutete darauf hin.

Wie Jakob dem Jesuskind glich. Beide stammten sie von David ab, beide waren sie hilflos und auf der Flucht. Doch, Grete wollte dafür sorgen, dass Jakob dies alles erfahren würde und dass er, sobald die Möglichkeit bestand, auch mit den jüdischen Gesetzen und dem Glauben vertraut gemacht würde. Sie wollte all das an ihm tun, was seine Mutter nicht mehr an ihm tun konnte – trotz ihres Alters. Sie würde dabei nicht viel Zeit verlieren. Ja, sie würde es schaffen, davon war sie vollkommen überzeugt.

Blackys Weihnachtserlebnis

Er sah anders aus als die anderen. Er war fast schwarz. Die anderen waren fast weiß, oder besser gesagt grau – also weiß mit etwas schwarz vermischt. Schwarz war meistens überall mit drin, aber er war richtig schwarz. Deshalb fiel er auch immer auf, weil er anders war als die anderen. Doch das war nur äußerlich, innerlich war er alles andere als ein Schaf. Er wusste genau, was er wollte, hatte viele Ideen im Kopf und ließ sich ständig von seiner Neugierde bestimmen. Als er zur Welt kam, war es Nacht, dunkle kalte Nacht. Er wurde in einem zugigen Bretterverschlag geboren, der nur notdürftig vor dem Wind Schutz bot und die streunenden, wilden Tiere von der Schafherde fernhielt. Von Weitem hörte man sie mit lang gezogenen Lauten hungrig heulen. Die Schafe lagen alle dicht beieinander, um sich gegenseitig zu wärmen, und genau dort erblickte er das Licht der Welt.

Er war etwas Besonderes. Seine Mutter hatte es sofort gemerkt. Mütter haben so ein Gespür für ihre Kinder. Aber die anderen gingen nicht deshalb bei seiner Geburt zur Seite, sondern weil so eine Geburt eines Schaflämmchens ja auch etwas Platz brauchte.

Nun lag es da im Stroh und seine Mutter fing sofort an, das Junge liebevoll zu belecken. Die anderen Schafe standen drum herum und beäugten interessiert den Neuankömmling.

„Oh, ein Blacky!", rief auch sofort ein kleiner Grauling in der Sprache der Schafe. Blacky heißt in dieser Sprache soviel wie Schwarzling. So hatte Blacky sofort seinen Namen weg. Auch als die beiden Hirten den Neugeborenen sahen, sagten sie fast zur gleichen Zeit: „Oh, sieh mal, da ist Blacky!"

Blacky wurde ein lustiges Kerlchen und alle mochten ihn. Er hatte immer tolle Spielideen und die besten Einfälle. Wenn er mal Dummheiten machte, verzieh man ihm gern. Und wenn er einen Schaden angerichtet hatte, war es nur halb so schlimm. Doch, Blacky war nicht wie alle anderen. Er war schlau und spontan und hatte noch dazu eine große Abenteuerlust in seinem Herzen. Alles zusammen machte ihn zu etwas Besonderem und er genoss dieses Privileg in vollen Zügen. Selbst die alten Schafe in der Herde blickten auf, wenn Blacky an ihnen vorbeitobte, und schauten ihm lange nach.

„Aus dem wird bestimmt einmal etwas ganz Berühmtes", meinte Erna, eine Schafmutter, die so viele Lämmer zur Welt gebracht hat wie keine andere, mit geheimnisvoll gehobener Stimme.

Wie recht sie damit hatte, möchte ich nun hiermit erzählen:

Es war ein Tag wie jeder andere. Die beiden Hirten waren mit ihrer Schafherde auf der Weide. Emsig und unermüdlich liefen Struppi und Rex, die flinken Hirtenhunde, hin und her und holten die Tiere, die sich zu weit von der Herde entfernt hatten, wieder zurück zu den anderen.

Auf den Hügeln um Bethlehem waren die Weideflächen zwar grüner als anderswo, aber doch nicht so üppig, dass es für alle Tiere reichte, zumal es gerade Winter war. So kämpften die Schafe um jedes grüne Blatt und um jeden frischen Sprössling, der sich trotz der Kälte aus dem trockenen Erdboden hervorwagte. Es war nicht einfach, satt zu werden. Es war aber auch keine große Herde und so bekam schließlich doch jeder, was er brauchte.

Dafür sorgten notfalls schon die zwei Hirten, die sich um die Tiere kümmerten. Die Schafe gehörten ihnen zwar nicht selbst, aber sie waren erfahrene Männer, die es schon mit so manchem wilden Tier aufgenommen hatten.

Irgendetwas lag an diesem Frühabend in der Luft. Auch Blacky hob öfter als sonst seinen Kopf, um herauszubekommen, was genau es war. Am Horizont begann die Sonne vollends unterzugehen und zog einen leichten grauen Nebelschleier nach sich über das dürre Land. Bald kam die Dunkelheit.

Es war nicht leicht, in der Nacht die Herde zu beschützen. Immer wieder wurde erzählt, dass Wölfe die Herde überfielen und Schafe rissen. Für die Hirten hieß es deshalb, besonders aufmerksam zu sein. Um wach zu bleiben und die wilden Tiere von sich und der Herde fernzuhalten, zündeten sie ein kleines Lagerfeuer an. Schon bald vernahm man um sie herum das beruhigende, zufriedene Blöken der Schafe.

Nun begann die Zeit des Erzählens, auf die sich Joshua immer besonders freute. David wusste viel Spannendes zu erzählen. Besonders gut traf es die Hirten, die alte, erfahrene Kollegen hatten. Sie wussten von so manchen selbst erlebten Abenteuern zu berichten, und man hörte sie gern – notfalls auch fünfmal hintereinander. David war so ein wertvoller Geschichtenerzähler.

Was der schon alles erlebt hatte, war unglaublich. Er hatte früher, in seinen jungen Jahren, wilde Tiere besiegt, wohlhabende Kaufleute, die mit ihren Karawanen durchs Land zogen, überlistet und sogar schon mal einem römischen Offizier, als der ihn nach dem Weg nach Jerusalem fragte, in die entgegengesetzte Richtung geschickt. Darauf war er im Nachhinein nicht besonders stolz. „Der Gott der Väter möge ihm verzeihen", meinten seine Freunde, wenn es um Davids Vergangenheit ging. Nun aber war er gereift, gottesfürchtig und auf Gerechtigkeit bedacht.

David, man hatte ihm diesen Namen nach dem großen König Israels gegeben, war ein guter Erzähler. Manchmal stocherte er dabei mit einem angekohlten, qualmenden Ast im Feuer herum, sodass die Funken herumstoben. Manchmal saß er aber auch nur still da und dachte nach. Dann kreisten ihm viele Gedanken durch den Kopf.

Warum wurden zum Beispiel manche Leute in Palästen geboren und andere in armseligen Hütten? Warum hatten die einen so viel und andere so gut wie nichts? Warum gaben die Reichen den anderen nichts ab und behielten alles nur für sich? Das war doch nicht gerecht. Sicher hatte der Allmächtige das so nicht gedacht? Wer hatte den Mut, diese so festgefahrene Ordnung wieder infrage zu stellen? Es müsste jemand kommen, der so mutig ist, den Reichen zu sagen, dass sie teilen sollen, und denen, die immer wieder Krieg führen, dass sie Frieden halten sollen. Er müsste allen sagen, dass man sich lieben soll. Viel Leid könnte so vermieden werden auf dieser Welt.

David war wieder einmal in seine Gedanken versunken. Am liebsten würde er das ja machen, aber er war alt für eine solche Aufgabe.

Das Feuer knisterte jedes Mal, wenn er den Stock in die Flamme hielt. Funken sprühten in alle Richtungen davon. Wenn sich etwas auf dieser Welt verändern sollte, könnte nur Gott selbst es machen.

„Na, mein Freund, bist du wieder am Philosophieren?" Joshua hatte David angestoßen. „Oder bist du müde? Der Tag war lang und anstrengend. Willst du dich aufs Ohr hauen? Das kannst du machen, ich halte inzwischen Wache."

Das mochte David an seinem jungen Kollegen, er war so rücksichtsvoll. Bald schon lag David auf seinem Nachtfell und träumte vor sich hin. Er träumte oft und viel.

Jetzt war er mit seinen Freunden im Dorf zusammen. Er träumte häufig von zu Hause, von seiner Familie und den Freunden. Er sah sie alle sehr selten, viel zu selten. Manchmal dauerte es einen ganzen Sommer, bis er seine Lieben wieder in die Arme schließen konnte. Wenn die Hirten die Herden wieder zurück zu ihren Besitzern ins Dorf brachten, dann feierte die Familie ein Freudenfest. Sara wartete auch jetzt wieder auf ihn.

Er sah sie im Traum auf einer grünen Wiese knien. Er sah sie als junges Mädchen vor sich, wie damals, als sie ein Paar wurden. Einen Blütenkranz hatte sie sich in das Haar gesteckt. Staunend schaute David sie an und fand keine Worte, um auszusprechen, wie schön sie war.

Plötzlich bekam er einen Stoß in die Seite. Er wollte sich gerade umschauen, um zu sehen, wer ihn da so unsanft vom Anblick dieser schönen Frau ablenkte. Doch dann kam schon der nächste Stoß, jetzt aber viel energischer.

Noch bevor David erbost reagieren konnte, hatte ihn Joshua am Arm gegriffen und begann ihn kräftig zu rütteln. Sofort war David hellwach.

Was war das? Der Himmel war blendend hell erleuchtet und aus dem hellsten Punkt erschien es dem Hirten, als sei dort die Gestalt eines Menschen in einem langen weißen Gewand zu sehen. Ein wunderschöner Engelsgesang umhüllte sie plötzlich auf geheimnisvolle Weise.

Geblendet schloss David die Augen und hörte eine Stimme, die er danach für sein ganzes restliches Leben nicht mehr vergessen würde.

„Fürchtet euch nicht, freut euch, zu euch ist heute der Heiland gekommen. Er liegt in Bethlehem in einem Stall, in einer Futterkrippe."

Als er sich wieder traute, die Augen zu öffnen, war alles vorbei. Hatte er immer noch geträumt? Was war das gewesen? Noch konnte er leise den Gesang der Engel hören.

Erst als Joshua ihn auf die Beine zog, ahnte er, dass dieser diese sonderbare Erscheinung genauso erlebt hatte. Es war also kein Traum und keine Fantasie.

So plötzlich, wie alles gekommen war, war es auch wieder zu Ende. Alles war dunkel und still. Nur die Sterne funkelten am Himmel, heller und viel klarer als sonst.

„Komm schon, Kleiner, das lassen wir uns doch nicht entgehen! Das will ich sehen, ich will dabei sein, wenn der lang ersehnte Heiland geboren wird. Ich will ihn willkommen heißen, will ihm ein Geschenk bringen. Los, komm schon, wir schauen noch einmal nach den Schafen im alten Ferch und dann nichts wie hin! So etwas erlebt man nur einmal im Leben, ein einziges Mal, wenn überhaupt. Dass ich das in meinem Alter noch erleben darf!" David war wie umgewandelt.

Joshua schaute seinen älteren Mitstreiter zweifelnd an. „Und was, wenn das nur Einbildung war? Was, wenn uns da irgendwas oder irgendwer, vielleicht sogar das Böse leibhaftig einen Streich spielt? Dann machen wir uns zum Narren und alle Welt lacht uns aus."

Doch David hatte längst seinen Wasserschlauch mit frischem Wasser gefüllt und über die Schultern geworfen. Noch einmal prüfte er das Gatter zum Pferch. Es war alles in Ordnung. Struppi und Rex würden aufpassen, dass den Schafen nichts passierte.

Die Schafe standen aufgeregt dicht gedrängt beieinander und schauten sich aufgeregt um. Sie spürten, dass es mit diesem Licht etwas ganz Besonderes auf sich haben musste.

Auch Blacky stand am Verschlag. Durch seine schwarze Wolle war er kaum im Dunkel der Nacht zu sehen. Gespannt beobachtete er die beiden Hirten und schaute nach den Hunden, die erschrocken waren und sich, vielleicht auch durch die Erscheinung eingeschüchtert, nicht von ihren Plätzen bewegten.

Sofort nutzte Blacky diese Situation und schlich sich zwischen einigen Schafen hindurch durch das Tor. Niemand sah ihn, alle schauten hoch zum Himmel, als könnten sie noch ein wenig von jenem wunderbaren Geschehen zurückholen. Der Gesang der Engel wurde immer leiser, bis er sich ganz im Glänzen des endlosen Sternenhimmels auflöste.

Blacky schaute sich nach einem Versteck um. Nicht weit von ihm standen einige Holzkisten. Sie waren genauso groß, dass sich ein Schaf dahinter verbergen konnte. Er machte sich unnötigerweise klein und traute sich nicht, um die Ecke zu schauen – er könnte ja doch noch von den beiden aufmerksamen Hunden entdeckt werden.

Die beiden Männer blickten sich noch einmal prüfend um, um ja nichts zu übersehen. Nein, es war alles in Ordnung. Nun konnten sie sich auf den Weg nach Bethlehem machen. Sie würden ja bald wieder zurück sein.

Schon von Weitem sahen sie den Ort, der nicht mehr ganz so klein war wie ein Dorf, aber auch noch nicht so groß, dass man ihn hätte eine Stadt nennen können. Von Weitem sahen sie viele Lichter. Obwohl es bereits Nacht war, waren noch viele Leute unterwegs.

Als die beiden Hirten näher kamen und die verschiedenen Stimmen vernahmen, staunten sie nicht schlecht.

Ja, sie hatten von dem Gesetz gehört, das Kaiser Augustus im fernen Rom erlassen hatte. Der wollte wissen, wie viele Menschen sich in diesem Land aufhielten. Aber nicht der Wohnort war dabei entscheidend, sondern der jeweilige Geburtsort. Viele Leute mussten deshalb weite Wege zurücklegen, manche mussten sogar über viele Tage lang wandern.

Auch sie, die beiden Hirten standen unter dem Gesetz. Auch sie mussten sich zählen lassen. Doch sie waren aus Bethlehem, sie hatten keinen weiten Weg zurückzulegen.

Joshua war stehen geblieben. Hatte er nicht inmitten der vielen fremden Stimmen leise Geräusche in unmittelbarer Nähe gehört? Seine Ohren waren bestens dafür geschult. Hirten mussten hören, wenn wilde Tiere in ihrer Nähe waren, und sich darauf einstellen.

„Hast du das auch gehört?", wollte er von David wissen. Seine Stimme war sehr leise, gerade laut genug, sodass David ihn verstehen konnte.

Ja, auch David hatte etwas gehört. Es klang, als wäre jemand auf trockenes Geäst getreten. „Lass uns eine Pause machen, Joshua. Vielleicht hören wir auch schon Gespenster", schlug David deshalb vor.

Die Nacht umschloss sie wie ein Mantel. Vor ihnen war Bethlehem mit den vielen Lichtern und den Menschen, die sich irgendwo im Freien Lagerplätze geschaffen hatten. Die Zimmer in den wenigen Herbergen waren ohnehin nur für reiche Leute, die in der Lage waren, die teuren Zimmer für die Nacht zu bezahlen.

Wieder knackte es.

Joshua sprang auf und blickte hinter sich. Unweit von ihnen entfernt sah er die Umrisse eines Tieres. Gleich würde es zum Sprung ansetzen. Er stellte sich darauf ein, doch das Tier bewegte sich nicht. Als sich nun auch David umdrehte, hörten sie ein leises, bekanntes Blöken.

Das konnte doch nicht sein. Sollte sich ein Schaf hierher in der Nacht verirrt haben?

Wenn sie gleich gewusst hätten, dass es Blacky war, der ihnen bis hierher gefolgt war, hätten sie ihn zu sich gerufen und ihn mit strafendem Blick fest an sich gedrückt. David und Joshua liebten ihre Schafe.

„Das kann doch wohl nicht wahr sein!" David legte den harten Stab, den er als Waffe einsetzen wollte, zur Seite. „Blacky, bist du es?"

Joshua war sich nicht ganz sicher. „Komm her, mein Kleiner, komm her!" Er beugte sich einladend vornüber.

Sofort sprang Blacky zu den beiden, froh, eine versöhnliche Stimme zu hören. Er schmiegte sich ganz fest an und genoss es, von den rauen Schäferhänden gestreichelt zu werden.

„Mann, du bist mir ja einer. Haust einfach ab und schleichst hinter uns her. Was machen wir jetzt nur mit dir?", wendete sich Joshua dem Tier zu. „Du musst jetzt einfach ganz dicht bei uns bleiben, klar?"

Wie als Antwort stieß Blacky mit seinem Kopf an den Fuß des Mannes.

„So, wir müssen weiter, auf geht's!", drängte David. Für ihn war genug kostbare Zeit verstrichen. Sie hatten ein wichtiges Ziel und waren unbeschreiblich neugierig.

Aber wo genau sollten sie suchen? Bethlehem zog sich vor ihnen in die Breite. Viehställe gab es sicher in Hülle und Fülle. Überhaupt diese Vorstellung, dass ein Neugeborenes in Windeln gewickelt in eine Futterkrippe gelegt wird, schien ihnen ziemlich absurd, fast schon unvorstellbar. Doch so hatte es ihnen diese merkwürdige helle Erscheinung gesagt. Sie wollten es glauben, auch wenn sie in ihren Herzen etwas Zweifel daran hegten.

Wenn sie wenigstens einen kleinen Hinweis hätten. Vielleicht sollten sie darauf achten, wo es am meisten offene Feuer oder Fackeln gab?

„Hast du eine Idee, wo es sein könnte?", stellte nun David die entscheidende Frage.

Joshua zuckte mit den Schultern, obwohl der andere es im Halbdunkel der Nacht nicht sehen konnte. „Nö. Du?"

In diesem Moment glitt Joshuas Blick über den Himmel. Wie wunderbar klar er jetzt war! Ob es wohl Frost geben würde? Das wäre nicht gut für die vielen Leute, die jetzt in ihren kleinen provisorischen Zelten oder unter den wärmenden Fellen und Decken unter freiem Himmel die Nächte überstehen mussten, vor allem in den Morgenstunden, wenn die Feuer ihre Kraft verloren hatten.

„Du, Joshua, schau dir mal den Himmel an, fällt dir da was auf?" David schaute seinen Freund an und wartete geduldig, bis der seinen Blick über den Himmel hatte schweifen lassen.

„Könnte es sein, dass dort ein Stern besonders hell leuchtet, fast so, als würde er uns besonders aufmerksam machen wollen?" Joshua wies mit der Hand in südliche Richtung.

„Dasselbe habe ich auch gedacht", bestätigte nun auch David. „Dann sollten wir in diese Richtung gehen. Einen anderen Hinweis haben wir ja nicht."

Mit großen Schritten machten sie sich auf in Richtung Süden. Blacky hatte Mühe ihnen zu folgen.

Schon begegneten ihnen andere Leute; sie waren müde und suchten immer noch einen geeigneten Rastplatz. Wie von geheimnisvoller Hand geführt, schritten die beiden immer weiter auf ihrem Weg, bis sie schließlich vor einer Höhle standen. Durch die alten, schützenden Brettertüren drang Licht. Ohne dass es ihnen jemand sagte, wussten sie, dass sie am Ziel waren.

Ihre Herzen schlugen vor Aufregung schneller. Was würde sie jetzt erwarten? Ob sich erfüllen würde, was sie so geheimnisvoll gesagt bekommen hatten? Ob sie da drin den neugeborenen Heiland sehen würden?

Wie mochte wohl der „Sohn Gottes" aussehen, von dem die Schriften so vieles vorausgesagt hatten? Was aber, wenn sie seinen Anblick überhaupt nicht ertragen konnten, wenn doch schon die Ankündigung so überwältigend gewesen war?

Joshua hatte zaghaft Davids Hand ergriffen. Wie zwei kleine Kinder standen die beiden Hirten vor der Tür und wagten es kaum, sie langsam aufzuschieben. Was sie dann zu sehen bekamen, verschlug ihnen den Atem.

„Kommt nur herein und macht die Tür hinter euch zu, es zieht sonst zu sehr. Hier ist auch für euch genug Platz."

Glaubte der Mann etwa, dass sie wegen der Volkszählung eine Übernachtungsmöglichkeit suchten? Sie mussten dem jungen Paar sagen, weshalb sie hier waren.

So begann David mit stockender Stimme ganz einfach zu erzählen, was sie erlebt hatten und weshalb sie nun hier waren. Die jungen Eltern hörten ihnen aufmerksam zu. Es war fast so, als würde die junge Frau bei allem, was sie berichteten, zustimmend nicken.

„Ich bin Josef und das ist Maria, die Mutter des Kindes, auf das wir sehr stolz sind. Es stimmt, jenes Kind ist heute in der Nacht geboren und wir wussten uns keinen anderen Platz, als es in eine Futterkrippe zu legen. Merkwürdig, wie sich doch alles so erfüllt hat."

Josef streichelte zärtlich über Marias Schultern. Mit der anderen Hand zog er das dünne Tuch glatt, das über die Krippe gelegt war. Das Kind schlief.

Erst jetzt sahen die beiden Hirten, dass auch Blacky im Stall war. Sie hatten ihn vor Aufregung tatsächlich ganz vergessen. Das war noch nie vorgekommen. Sonst vergaßen sie nie eines ihrer Schafe.

Er stand neben der Krippe und schaute auf das Neugeborene, als würde er genau wissen, worum es ging. Er schnupperte an dem wenigen Stroh, auf dem das Kind lag. So dicht wie er war außer den Eltern vor ihm noch kein lebendes Wesen an den Heiland herangekommen.

David und Joshua schauten immer noch überrascht auf das kleine Baby dort in der Krippe.

Was war nur Besonderes an ihm? Es hatte weder einen Heiligenschein, noch einen besonderen Glanz im Gesicht. Sah es nicht aus wie alle Neugeborenen auf dieser Welt? Das sollte nun der Sohn des Allmächtigen sein, auf den bereits die Väter sehnsüchtig gewartet hatten?

Blacky musste wohl mit seinem Kopf zu nahe an das Kind gekommen sein. Es schlug plötzlich die Augen auf und fing an, seine kleinen Arme zu bewegen. Blacky hielt den Kopf ganz still und es war ihm, als hätte das Jesuskind ihn gerade zärtlich über die Nase gestreichelt.

Es lächelte und schaute sich um. Dann schien es auch die beiden Hirten anzusehen, die verlegen ihre Geschenke in den Händen hielten.

Dieser Blick des Jesuskindes ging ihnen tief ins Herz. Auf einmal wussten sie, was der Engel gemeint hatte und dass dieses Kind tatsächlich der Heiland der Welt war. Sie konnten es nicht erklären, sie wussten es ganz einfach, in ihren Herzen. Und sie spürten auf einmal eine ganz tiefe Freude.

Sie legten wortlos ihre Geschenke, einen Schafskäse und einige weiche Felle, auf den getrockneten Lehmboden und gingen wieder hinaus in die Nacht. Blacky folgte ihnen.

Sie hatten noch einen weiten Weg zurück zu ihrer Herde vor sich, aber es war alles anders geworden. Der Weg fiel ihnen nicht mehr so schwer. Auf einmal wussten sie, dass der allmächtige Gott die Menschen, seine Geschöpfe, nicht aufgegeben hatte, sondern dass er sie immer noch liebte. Hätte er sonst seinen Sohn, dieses hilflose Kind, in diese Welt gegeben? Schweigend gingen sie nebeneinander her, tief in ihre Gedanken versunken. Sie sahen am Horizont die Sonne blutrot aufgehen und einen neuen Tag ankündigen.

Blacky würde nachher viel zu erzählen haben. Vor allem wollte er seinen Freunden sagen, dass das Jesuskind ihn gestreichelt hatte. Ob sie ihm das wohl glauben würden?

Angekommen

Es war vor vielen Jahren, gleich nach dem letzten unseligen Krieg. In unserem Dorf waren Flüchtlingsfamilien aus dem Osten eingetroffen. Ihre Namen klangen in unseren Ohren fremd und auch die Sprache war anders als bei uns. Ich weiß es noch wie heute, obwohl ich nur ein kleiner Junge war.

Wir wussten damals nicht, was es heißt, ein Flüchtling zu sein. Für uns waren sie Bittsteller, die von Haus zu Haus zogen und um Almosen bettelten. Manch einer schlug ihnen vorsichtshalber die Tür vor der Nase zu, als hätten diese Leute eine ansteckende Krankheit.

Auch wir Kinder lernten sehr schnell, dass wir uns mit den Fremden nicht einlassen sollten. Die wurden uns einfach so vom Bürgermeister in unsere Häuser gesteckt und nahmen uns den Wohnraum weg. Die waren faul und dreckig. So jedenfalls erzählte man es sich im Dorf.

Einige alteingesessene Dorfbewohner hatten es gut getroffen. Da machten die Flüchtlinge die ganze auf dem Hof oder im Haus anfallende Arbeit, ohne dass man ihnen

Lohn zahlen musste. Ein Eimer Kartoffeln oder auch drei Runkelrüben waren Lohn genug für sie. Wenn es ihnen nicht passte, konnten sie sich ja eine andere Wohnung suchen. Zu verschenken hatte niemand etwas im Dorf; selbst der Bürgermeister gab nichts umsonst ab, und der wusste immer genau, was er tat.

Bei uns zog Familie Grigoleit ein. Grete Grigoleit war so alt wie meine Mutter, sah aber aus wie meine Oma. Ich habe sie nie lachen gesehen. Mit ihr kamen auch Horst und die alte Frau, die wie eine Kräuterfrau aussah, zu uns.

Die alte Frau ging vornüber gebeugt mit ihrem Krückstock und stöhnte mit schmerzverzerrtem Gesicht bei jedem Schritt, den sie machte. Um ihre Schultern trug sie ein großes, dunkles Tuch mit langen Fransen an den Seiten, das fast ganz bis zum Fußboden herunterreichte. Auch wenn ihr Gesicht immer freundlich aussah, wenn sie keine Schmerzen hatte, konnte sie uns nicht täuschen.

Sie war bestimmt eine Hexe, zumindest aber eine böse Frau. Davon waren wir Kinder überzeugt und wir nickten kräftig mit den Köpfen, wenn die Alten in unserem Dorf davon sprachen, dass man diese Flüchtlinge so schnell wie möglich wieder loswerden müsse.

Auch Horst hatte ganz bestimmt etwas Böses an sich. Wenn er auf die Straße kam, liefen wir weg, noch bevor sein heimlicher Zauber uns erreichen konnte. Er sah wirklich wie ein Bettler aus mit seiner Wollpudelmütze und der grauen Joppe, die ihm viel zu groß war.

Es waren merkwürdige Leute, die man uns da ins Haus gesteckt hatte. Sie lebten alle zusammen in dem Zimmer, in dem meine Oma früher gewohnt hatte und das jetzt seit drei Jahren leer stand. Sie schliefen zu dritt in einem Bett.

Eines Abends hörte ich von meinem Bett aus, wie meine Eltern über sie sprachen. Grete Grigoleit hatte einen Bauern gefragt, ob er nicht Arbeit für sie und ihren Jungen hätte. Vater meinte daraufhin, wenn er in den Wald ging, um Bäume zu fällen, könnte der Bengel ja mitfahren und auch ihm tatkräftig helfen. Mutter bestätigte das, denn wir hätten ja schließlich auch nichts zu verschenken. Irgendwann müssten die ja auch die Miete abarbeiten, meinte Vater daraufhin. Es sei ja schlimm genug, dass sie diese Fremden aufnehmen mussten.

Draußen kehrte inzwischen der Winter ein, viel früher als sonst. Nachts fielen die Temperaturen bis unter zehn Grad Celsius und verzauberten die Landschaft mit Raureif. In der Nacht fing es dann auch zu schneien an.

Schon sehr früh zog Grete Grigoleit mit ihrem Horst los, um bei den Bauern nach Arbeit zu fragen. Manchmal durften sie Holz hacken oder Kartoffeln auslesen, die in diesem Jahr besonders zeitig zu faulen anfingen, weil sie viel zu früh geerntet worden waren. Viel zu tun gab es angeblich nicht. Manchmal aber bekamen sie auch einige Kartoffeln oder sogar einige Eier ganz umsonst. Stolz breiteten sie dann die Nahrungsmittel nach ihrer Rückkehr auf dem wackligen Tisch aus und die alte Frau sprach mit Tränen in den Augen ein Dankgebet.

In dieser Zeit begannen der Pfarrer und der alte Küster mit den Vorbereitungen für das Krippenspiel. Wir Dorfkinder sollten uns in der Kirche einfinden, um vom Pfarrer unsere Rollen zu bekommen. Ich wollte wie jedes Jahr Hirte sein. Das war nur eine kurze Rolle und man konnte dabei so richtig toll schauspielern. Ich fand es schön, am Lagerfeuer zu sitzen, dort tapfer von den Angriffen der wilden

Tiere zu berichten und dann überrascht zu sein, wenn der Küster den riesigen Scheinwerfer plötzlich aufleuchten ließ und Hilde anstrahlte, die bisher jedes Jahr der Engel war.

„Fürchtet euch nicht…", rief sie dann laut in die Kirche, „denn ich verkünde euch große Freude, denn euch ist heute der Heiland geboren!"

Wir mussten dann immer ganz entsetzt gucken. Erwin konnte das besonders gut. Schade nur, dass er in diesem Jahr nicht dabei sein konnte. Er hatte sich beim Schlittenfahren sein rechtes Bein gebrochen und musste im Bett bleiben. So waren wir nur zwei Hirten, ich und Jürgen.

Als wir an diesem Nachmittag in die Kirche gingen, hatte der Schnee noch zugenommen. Dicke schwere Schneeflocken peitschten in unsere Gesichter.

Ich kam als Letzter aus der Gruppe an. Der Pfarrer hatte schon mit dem Verteilen der Rollen begonnen und ließ den Rollentext laut vorlesen. Klaus und Lisa waren wie jedes Jahr Maria und Josef und Henry war der Wirt.

Sein Vater besaß auch wirklich den alten Dorfkrug bei uns im Dorf. Henry war außerdem von uns allen am dicksten und konnte ganz streng aussehen. Wenn Maria und Josef an seine Tür klopften, dann baute er sich breitbeinig vor ihnen auf und verwehrte ihnen den Zutritt. Das klang immer so echt, dass jedem ein Schauer über den Rücken lief und man sich gut vorstellen konnte, wie Maria und Josef zusammengefahren sein mussten, damals in Bethlehem.

„Was wollt ihr Fremden hier? Ihr habt hier nichts verloren. Seht zu, dass ihr weiterkommt, ihr faules Pack, ihr dreckiges Gesindel. Geht wieder dahin, woher ihr gekommen seid!", ertönte auch jetzt wieder seine Stimme durch die Kirche.

„Aber Gott hat uns doch hierher geführt. Wir sind doch nicht aus freien Stücken hier …", versuchte Josef das Herz des Wirts zu erweichen.

„Ach Quatsch, zieht weiter. Ihr esst uns nur alles weg und macht uns alles dreckig. Zieht weiter und versucht, woanders eine Bleibe zu finden. Wir wollen euch nicht."

In diesem Moment hörten alle ein leises Schluchzen aus den hinteren Kirchenbänken.

„Ist da wer?", fragte der Pfarrer.

Zunächst tat sich überhaupt nichts.

Erschrocken schauten alle in das Halbdunkel des Kirchenschiffs. Das Schluchzen hatte aufgehört.

„Ist da wer?", fragte der Pfarrer erneut mit fast schon drohender Stimme.

Endlich bewegte sich etwas in der vorletzten Kirchenbank. Der Küster richtete kurzerhand den großen Scheinwerfer ins Kirchenschiff, sodass wir sehen konnten, wer es war. Dort stand Horst in seiner geflickten grauen Joppe mit völlig verweintem Gesicht.

„Ach, bist du nicht der Horst Grigoleit, der Junge aus der Flüchtlingsfamilie?", wollte der Pfarrer wissen.

Horst schämte sich plötzlich. Was mussten die jetzt alle von ihm denken? Ein so großer Junge heult doch nicht. Er war doch schon acht, fast schon neun. Er nickte nur kurz mit dem Kopf.

„Und warum weinst du?", setzte der Geistliche die Befragung fort.

„Na ja, ich … ich finde es so traurig, dass … niemand das Jesuskind aufnehmen wollte. Wie traurig müssen Maria und Josef damals gewesen sein, weil sie niemand haben wollte. Es tut ganz mächtig weh, ich … kenn das auch."

In diesem Moment konnte man fast Henrys Taschen-
uhr ticken hören, so still war es auf einmal. Er war der Einzige von uns, der schon eine Uhr besaß.

„Komm zu uns, mein Junge!" Der Pfarrer machte eine
einladende Geste.

Horst stand schließlich auf und ging mit zitternden
Knien total verängstigt zum Altar, wo die anderen Kinder
sprachlos herumstanden.

„Du hast wohl recht. Auch euch, die ihr eure Heimat
verlassen musstet, ergeht es wohl ähnlich wie Maria und
Josef."

Der Pfarrer begann von einer Reise zu erzählen, die er
vor Jahren nach Masuren unternommen hatte. Er sprach
von der Schönheit der Natur und den stolzen Menschen,
die dort glücklich lebten.

Er sprach aber auch vom Krieg, der ihnen alles genommen hatte, und wir Kinder begannen langsam zu verstehen, dass es nicht unser Verdienst war, dass es uns so gut
ging.

Irgendwer aus unserer Gruppe kam dann auf die Idee,
Horst könne doch eigentlich die Rolle von Erwin übernehmen.

So fing in unserem Dorf an diesem Tag die Weihnachtsbotschaft an, lebendig zu werden – und das hatte
Auswirkungen:

Der Pfarrer ging in den Tagen nach dieser Probe von
Haus zu Haus und sprach mit allen Dorfbewohnern. Er
machte ihnen deutlich, dass auch sie im Grunde die Weih-
nachtsgeschichte spielten, mit all den vielen verschiedenen
Rollen. Und er fragte sie, welche Person sie wohl in diesem
Spiel verkörpern würden.

Nach einigem Nachdenken erkannten die Leute aus unserem Ort, dass sie wie die Bewohner von Bethlehem waren, die allesamt das junge Paar mit dem kommenden Christus abgewiesen hatten. Und das war nicht nur ein Bühnenstück, sondern die Wahrheit. Denn Jesus hat gesagt: „Was ihr den anderen Mitmenschen getan habt, das habt ihr mir getan."

Ich war dabei, als der Pfarrer zu uns ins Haus kam, und ich sehe immer noch meinen Vater, wie er bei diesem Gespräch immer kleiner wurde. Mutter hatte Tränen in den Augen, so sehr schämte sie sich dafür, was sie gedacht, gesagt und getan hatte. Wir alle hatten uns mitreißen lassen und dabei ganz vergessen, wie hilflos und unschuldig die Flüchtlinge an ihrem Schicksal waren.

Das Weihnachtsfest, das dann folgte, werde ich mein Leben lang nicht vergessen. Als wir in die Kirche kamen, war alles hell erleuchtet und warm. Die Kerzen auf dem Altar und am Weihnachtsbaum tauchten alles in ein weiches Licht. Unser Schullehrer, der auch die Orgel spielte, hatte besonders schöne Lieder ausgesucht. Manchen standen gerührt Tränen in den Augen, die sie verschämt zur Seite wegwischten.

Es waren viele Menschen gekommen, um unser Krippenspiel zu sehen. Als wir anfingen, war es totenstill im Kirchenschiff. Das Gebot des Kaisers Augustus wurde vorgelesen und wir zeigten, wie Maria und Josef vergeblich an die Haustüren der Bewohner klopften, bis sich endlich einer erbarmte und ihnen den Stall zuwies.

Dann begann der Pfarrer mit seiner kurzen Predigt. Am Ende fügte er noch an: „Unser Dorf ist in diesem Jahr besonders gesegnet. Wir haben gelernt, was Weihnachten in der Praxis bedeutet. Wir haben gelernt, dass sich der große allmächtige Gott in dem Kind von Bethlehem zu uns Menschen herunterbegibt und sich mit den Schwächsten unserer Gesellschaft verbündet. ‚Was ihr einem unter diesen meinen geringsten Brüdern getan habt, das habt ihr mir getan!‘, spricht unser Herr. Und so geht nun und lebt diese froh machende Botschaft! Amen."

In den Bänken begann es, zu rascheln. Langsam ließ die Spannung nach. Alle hörten auf das Schlusslied der Orgel und hingen dabei ihren aufgewühlten Gedanken nach.

Draußen vor der Kirche bildeten sich danach kleine Grüppchen.

Ich hatte mich schnell ins Freie begeben und wartete auf den Rest meiner Familie.

Da sah ich Horst nur wenige Schritte von mir entfernt und ich überlegte, zu ihm hinzugehen. Doch jemand anderes kam mir zuvor.

Eine junge Frau ging auf ihn zu und nahm ihn ganz fest in den Arm. „Danke, mein Junge!", stammelte sie und drückte ihm ein kleines Päckchen in die Hand. Noch bevor er sich richtig bedanken konnte, war sie auch schon wieder in der Menge der aus der Kirche strömenden Gottesdienstbesucher verschwunden.

Ich freute mich auf die Bescherung. Gleich nach der Christvesper sollte es losgehen. Doch meine Eltern waren wieder einmal fast die Letzten. Immer wieder trafen sie Leute, mit denen sie noch etwas plaudern wollten.

Zu Hause angekommen, begab ich mich gleich auf meine Stube. „Nun wird es nicht mehr lange dauern, und das Festessen wird auf dem Tisch stehen, und dann werden die Geschenke ausgetauscht", dachte ich erwartungsvoll. Ich konnte das immer kaum erwarten.

Doch in diesem Jahr war es ganz anders. Als ich ins Zimmer kam, war der große Esstisch ausgezogen und mit mehr Geschirr als sonst gedeckt. Ich erfuhr auch sofort, wieso.

„Jonas, sagst du den Grigoleits bitte, dass wir sie zu Tisch bitten?", bat mich meine Mutter, und ich rannte hoch, um Horst und seine Familie zu holen.

Inge Frantzen (Hrsg.):

Sternenglanz und Tannenduft

Ein Vorlesebuch für die
Advents- und Weihnachtszeit.

Gebunden, 192 Seiten
Bestell-Nr. 816 339

Advents- und Weihnachtsgeschichten geben dieser Zeit
des Jahres eine ganz besondere Intensität. Deshalb haben
eine Reihe von Autoren mehr als 30 Geschichten zu Papier
gebracht. Auf diese Weise ist eine Sammlung von Kurz-
geschichten für die ganze Familie entstanden, die der
oft hektischen Advents- und Weihnachtszeit einen ganz
besonderen Glanz verleihen.

Mit Beiträgen von Elisabeth Büchle, Thomas Franke,
Fabian Vogt, Kirsten Winkelmann, Sylvia Renz, Eva Breunig,
Annekatrin Warnke und vielen anderen.

Mit Lesezeitangaben.